AF285635

L.T.Borg

SEIN

Science – Fiction – Roman

Ein lauer Wind streift über das Land und mischt die kalte, frische Morgenluft mit dem vergangenem. Wolken ziehen, Linien gleich, über den strahlend, blauen Himmel. Ein Adler schwebt sanft, auf den steigenden und fallenden Winden. Er gleitet hoch, über trockener, lehmbrauner Erde. Der grobkörnige Boden wirkt karg und fruchtbar zugleich, in der immer kräftiger werdenden Morgensonne. Kleine Pflanzen durchbrechen die Erde. Streben der Sonne entgegen. Feine Staubwolken ziehen, getrieben vom Wind, mal auf und mal ab. Sie enden auf dem frischem, satten Grün und lassen es matt erscheinen. Am Horizont erhebt sich, vor Kraft strotzend, eine gigantisch anmutende Stadt. Sie ist eine von vielen Städten in dieser Zeit. Ungebändigt scheint sich das dunkle Grau, im Morgenrot, auszudehnen. Die Stadt hat sich im Laufe der Zeit, zu einer Megacity entwickelt. In einer Zeit, in welcher die Menschen nach Gemeinschaft suchen und dichter zusammen-rücken, um Kollektive zu bilden. In sich geschlossen ist jede einzelne Stadt. Ein symbiotisches Konstrukt. Alles was getan wird, steht in Abhängigkeit zueinander. Jeder einzelne bringt sein Wissen und seine Kreativität ein, in den immer währenden Prozess der Entwicklung. Getrieben vom Fortschritt, entstand so, die Welt der Kollektivierten, welche sich immer weiter ausdehnte. Rund um den Globus. Ihr Streben nach Gleichheit und Vollkommenheit erzeugte ein Netz der Kommunikation, dem sich kaum jemand zu entziehen vermag. Ob Mann, ob Frau, ob Kind, ganz gleich. Nur wenige Leben noch außerhalb dieser Städte. Für die Kollektivierten im verborgenen. Die Natürlichen. Kaum wahrgenommen werden sie noch. Als rückständig, nicht Zeitgemäß wurde ihr Lebensstil einst bezeichnet. Ihr streben gilt dem Leben, wie es immer war. Was in den Städten verloren gegangen ist und durch Automatisierung ersetzt, wird bei den Natürlichen noch gelebt. Sie sind frei geblieben. Jeder für sich selbst. Auch etwas allein, in dieser sich ständig verändernden Welt der Kollektivierten. Sie sind geblieben. Dazwischen. Sie Leben in, von und auf der Erde.

REBECCA

Kleine Hügel zieren die Landschaft, übersät mit Büschen und Sträuchern, am Rande riesiger Felder. Ein dichter Eichenwald erhebt sich hinter den Hügeln. Er lässt das Licht, langsam, zwischen seinen Ästen und dem Laub verschwinden und wirft deren Schatten auf den Boden. Eine erfrischende Kühle liegt zwischen den jungen, dünnen und den alten, dicken Stämmen des Waldes. Ein alter, ausgetretener Weg schlängelt sich in das schattige Dunkel. An seinem noch hügeligem Rand finden sich kleine Buchten. Hier und da, wachsen die Wurzeln der Bäume über diese Buchten und bilden zwischen ihren dicken Wurzelarmen, schmale Gänge.

Sie führen ins innere der Hügel.
In die Erde.
Eine schlanke, groß gewachsene Frau, mit dunklen, zum Zopf gebundenen Haaren, tritt auf den alten Weg. Sie ist achtunddreißig Jahre alt. Sie blinzelt noch etwas, in dem ungewohntem Licht und nimmt, sich streckend, einen tiefen Atemzug von der frischen und klaren Morgenluft. In ihrem olivfarbenem Overall und mit ihrem kräftigem Gesicht, wirkt sie etwas militärisch. Die harte Arbeit auf den Feldern und das Leben in der Wildnis, hat sie gezeichnet. In den vergangenen Jahren, hat sie viel miterleben müssen. Zeiten des Hungers und Verluste von Freunden. Nach der Geburt ihres Sohnes Tomek, hatte sie sich zurückgezogen und sich auf die Arbeiten in und um die Kolonie

beschränkt. Nun, da ihr Sohn schon zwölf Jahre alt ist und langsam beginnt seine eigenen Wege zu gehen, widmet sie sich wieder der Arbeit auf den Feldern. Langsam tut sie ein paar Schritte. Die Hände in die Hüften gestemmt, geht sie auf Antonio zu. Ein schlanker, etwas kleinerer, kurzhaariger, blonder Mann von achtunddreißig Jahren. Er arbeitet, für gewöhnlich, in der Werkstatt der Kolonie und entwirft und fertigt da, Werkzeuge aller Art. Er sitzt etwas entfernt vom Eingang und schnitzt, anscheinend gelangweilt, an einem Aststück herum. Mit einem kräftigem, auf sich aufmerksam machendem „Guten Morgen!" baut sich Rebecca vor Antonio auf. Brummend blickt er zu ihr auf und hält mit dem Schnitzen inne.

„Was tust du da?" fragt sie und deutet, mit dem Kopf nach oben schwingend, auf das Schnitzwerk. „Baust du einen Speer für die Jagd?" lässt sie etwas zynisch verlauten. Antonio blickt wieder auf seinen Ast und denkt einen kurzen Moment lang nach. „Ich teste ein neues Messer. Mehr nicht." antwortet er etwas beleidigt. „Warum fragst du?" „Nur so." antwortet Rebecca, die sich schon etwas angestachelt fühlt, ihn noch ein bisschen mehr zu ärgern. „Es ist ein schöner Morgen. Ob Wildschweine in der Nähe sind?" fragt sie, während sie auf dem Weg flaniert. Antonio wirft ihr verärgert den Ast zwischen die Füße und springt auf. „Hast du den nichts besseres zu tun, als mir die Ruhe am Morgen zu nehmen?" fragt er schon etwas zornig. „Warum wartest du hier?" Rebecca dreht sich auf einem Fuß um, stampft mit dem anderen Fuß auf, nimmt eine militärische Haltung an und antwortet kurz und knapp „Bin eingeteilt zum Unkraut jäten! Warte auf weitere Instruktionen!" Ein paar Vögel flattern aufgeregt davon. Rebecca schaut ihnen erstaunt nach. In diesem Moment tritt Laila, aus dem Gang kommend, auf den Weg. Eine nicht all zu große, leicht gebräunte, fünfunddreißig jährige Frau. Sie ist die beste Freundin von Rebecca und arbeitet oft mit ihr zusammen. Sie mag Antonio, der ihr hin und wieder kleine Geschenke macht aber leider nicht viel mit ihr zu tun hatte. Ihr Wunsch nach Kindern blieb unerfüllt und hatte sie aufgegeben, da auch Antonio nicht überzeugend genug auftrat. Sie hatte die Enden ihrer langen, dunklen Haare zusammengebunden und schaut auf Rebecca und Antonio. „Was ist den hier los?" fragt sie etwas verlegen. Sie schaut, erstaunt, abwechselnd zu Antonio und dann zu Rebecca. Antonio reagiert mit gerötetem Gesicht, bevor sich Laila für Rebecca entscheiden kann. „Och nichts." antwortet er. „Rebecca sucht nur etwas Streit." Laila lächelt und nach einem schüchternem „Mhm." wendet sie sich an Rebecca. „Ich bin soweit. Wir können los." „Wohin wollt ihr?" fragt Antonio etwas nervös. Laila sieht zu Antonio „Unkraut jähten." sagt sie und geht mit Rebecca los. Sie verschwindet mit ihr, wenig später, zwischen den Hügeln. Antonio nimmt, seufzend, seinen beschnitzten Ast, der noch auf dem Weg liegt und setzt sich wieder. „Rebecca und Laila." spricht er noch so vor sich hin. Auf dem Weg zu den kleinen Feldern, welche hier und da zwischen und auf den Hügeln, neben dem altem Weg angelegt sind, beginnt Rebecca wieder. „Er ist immer etwas nervös, oder?" Laila schaut Rebecca an und dann wieder auf den alten Weg. „Ja. Aber ich mag ihn so." Rebecca lächelt und bleibt stehen. „Wo wollen wir anfangen?" fragt sie Laila. „Warum nicht da drüben. Da ist noch viel zu tun." Sie steigen von dem altem Weg auf die Hügel, betreten einen der vielen kleinen Pfade, neben und zwischen den

Feldern und suchen sich eines der kleineren Felder, welches sie bearbeiten wollen, aus. Laila holt eine kleine Egge aus einer der Gürteltaschen ihrer Arbeitshose. Antonio hatte ihr die Gürteltaschen vor langer Zeit gemacht und gegeben. Sie waren gefertigt aus dickem, rauem Leder und überaus praktisch, um Kleinwerkzeuge aller Art darin unterzubringen. „Gute Werkzeuge baut er." sagt sie und hockt sich hin. Rebecca lächelt wieder und stimmt ihr zu. „Hm, damit hast du vollkommen recht." Auch sie holt eine kleine Egge, aus einer der Schenkeltaschen ihres Overalls, hockt sich neben Laila und beginnt das Unkraut zu zupfen und deren Wurzeln aus zu graben.

Hier, an diesem etwas abseits

gelegenem Ort, hatten die beiden Frauen immer etwas Ruhe, für ihre Gespräche über Gott, die Männer und den Rest der Welt. Durch die Bäume und die Sträucher hindurch, konnten sie die großflächig angelegten Felder, der Kollektivierten, sehen. In größeren Abständen fuhren im Frühjahr, im Sommer und im Herbst riesige Maschinen entlang des Waldes und bearbeiteten die endlos scheinenden Haine mit jungem Gemüse. Die Erde bebte, wenn sie vorbei fuhren. Wenn die Früchte auf den Feldern reif waren, holten die beiden Frauen immer wieder etwas davon und schleppten es schnell in die Höhlen. Die Erträge von den verstreuten Feldern, welche die Natürlichen in den Wäldern angelegt hatten und pflegten, waren nicht so hoch, dass es für die etwa 170 Menschen reichte, welche in den selbst gebauten Höhlen, unter dem Eichenwald, lebten. Jetzt im Frühjahr war noch nichts zu holen, außer jungen Pflanzen. Doch die benötigten sie nicht. Der Platz zwischen den Bäumen, bot gerade genug Raum, für verschiedene Obst- und Gemüsepflanzen. Die angelegten Vorräte, vom Vorjahr, würden wohl noch bis zum Sommer reichen und im Wald fand sich hier und da auch noch etwas frisches.

Die Sonne stand schon hoch am Himmel, als Rebecca mit ihrem Teil der Arbeit, für diesen Tag, fertig war. Sie stand auf und schaute nach Laila, die schon auf einem anderem Feld am Arbeiten war. Auch sie hatte ihre Arbeit beendet und erholte sich etwas in der Mittagssonne. Rebecca ging zu Laila rüber und setzte sich, schweigend, zu ihr. Mit einem kleinem Hölzchen begann sie die schwarze Erde, welche sich unter den Fingernägeln angesammelt hatte, hervor zu puhlen. „Ob in den Städten auch entspannende Momente in der Sonne möglich sind?" fragt sie Laila, während sie weiter den Dreck unter den Fingernägeln weg kratzte. „Ich glaube nicht." antwortet Laila gelassen. „Die sind doch ständig aktiv und sehen die Natur nicht mehr. Große Parks haben sie auch nicht, meinte Antonio mal." Nach einem kurzem Moment des Schweigens reagiert Rebecca wieder. „Hm. Eigentlich eigenartig. Das die Kollektivierten solche Lebensräume wollen.

Warum haben sie vergessen wer wir sind? Ich glaube sie wissen nicht mehr, dass sie einmal freie Menschen waren." „Du weist doch, was war. Sie haben keinen Sinn mehr in der althergebrachten Lebensweise gesehen und die technologische Entwicklung immer mehr voran getrieben." „Ja, ich weiß. Sie wollten die Verbindung, zu den anderen, zu jeder Zeit haben können. Verrückt, oder? Was haben sie damit eigentlich gewonnen? Eine uneingeschränkte Entwicklung und Gemeinschaft? Manchmal frage ich mich, wie das wohl ist und ob wir irgendwann auch so werden." Laila sieht Rebecca erstaunt an. „Wie kommst du denn darauf?" fragt sie. „Ich weiß nicht. Ich denke manchmal darüber nach, ob wir die richtige Entscheidung schon getroffen haben oder ob uns das noch bevorsteht. Wir sind nicht so viele. Haben nur uns selbst." „So darfst du nicht denken. Wir sind doch Freunde geblieben und helfen uns gegenseitig." „Ja, aber manchmal sind wir auch ganz allein." antwortet Rebecca etwas deprimiert. „He. Du bist nicht allein. Ich bin immer für dich da. Außerdem ist da doch noch Wladislaw und euer Sohn Tomek. Bist du damit nicht glücklich?" „Doch schon. Ich denk nur manchmal nach." Laila lächelt und steht auf. „Lass uns zurückgehen, zu den anderen. Die warten sicher schon." Rebecca lacht leise. „Stimmt. Wir sollten langsam wieder zurück gehen. Wer weiß, was die wieder anstellen, ohne uns." Rebecca steht auf, klopft sich ihren Overall sauber und sie gehen zusammen los. In der kräftigen, mittäglichen Frühlingssonne, wandeln die beiden, auf einem der schmalen Pfade zwischen den kleinen Feldern, durch den Wald. Auf dem großem, altem Weg angekommen, sind es nur noch ein paar hundert Meter zu laufen, bis sie an den Eingang, zu den unterirdischen Gängen, kommen. Eine seltsame aber alltägliche Stille herrscht im Wald, während sie den Weg entlang gehen. Am Eingang angekommen, äußert sich Rebecca wieder, bevor sie den schmalen aber geräumigen Gang betreten. „Antonio ist gar nicht mehr da." „Vielleicht ist er bei Wladislaw, ein bisschen arbeiten und rumdiskutieren, wie man alles besser machen könnte." sagt Laila schmunzelnd. „Möglich." antwortet Rebecca lächelnd. Sie betraten den Gang zum Erdinneren, welcher zu den Lebensräumen und Arbeitsstätten führte, aus denen die Kolonie bestand. Sie durchliefen den leicht abfallenden, röhrenartigen Tunnel. Die Wände hatten, die in der Erde lebenden Menschen, mit Lehm verputzt. An der Decke waren Lichter befestigt, welche den hellbraunen Gang voll ausleuchteten. Feine, eingeputzte Wurzelstränge, der darüber wachsenden Bäume, gaben der Decke und dem Gang ein anheimelndes aussehen. Auch die Decken der Lebens- und Arbeitsräume waren so verarbeitet. Eine Vorgabe der Natur, die durchaus Gemütlichkeit ausstrahlte.

Nachdem sie den Eingang durchschritten hatten, betraten sie die erste große Halle, von wo aus mehrere Durchgänge in verschiedene Richtungen abgingen. Dicke Balken, getragen von kräftigen Eichenstämmen, stützten, halb in die Decke eingelassen, das Dach der Halle. Das Ende der nicht all zu hohen Halle, war nicht zu sehen. Die Halle befand sich etwa drei bis vier Meter unter der Erde. Von hier aus hatten die Bewohner der Kolonie, zugang zu den verschiedenen Bereichen.

Rebecca und Laila liefen ein Stück weiter hinein, auf einen Eingang zu, welcher sich schräg gegenüber des Eingangstunnels befand. Hinter diesem Durchgang, befanden sich die

Wohnräume von Rebecca, Wladislaw und Tomek. Ein dickes Tuch verbarg einen kleiner Flur, welcher den Blick frei gab, auf die offenen und geräumigen Zimmer. Im vorderen Teil befand sich, auf der linken Seite, die Küche. Ein großer Raum mit mehreren Regalen aus Wurzelholz, einem in der Mitte des Raumes stehendem Tisch und einer mit Holz befeuerten Kochstelle. Der Rauchabzug war an ein komplexes Zu- und Abluftsystem angeschlossen, welches in den Wänden integriert war. Auf Kniehöhe, hatten die Bewohner viereckige Lüftungsgitter eingesetzt, welche für die Frischluftzufuhr gedacht waren. Neben der Kochstelle, war ein aus Ton geformtes und gebranntes Becken angebracht.

Es diente als Abwaschbecken und der Trinkwasseranschluss ragte darüber aus der Wand. Rebecca und Laila gingen zum Becken, um sich die Hände zu Waschen. „Ich hab noch etwas gekochtes Getreide mit Gemüse von heute morgen da. Hast du Hunger?" fragt Rebecca während sie sich wäscht. „Ein bisschen Hunger hab ich schon." antwortet Laila. „Hab heute Morgen nicht viel gegessen." Rebecca, trocknet sich die Hände an einem dickem Leinentuch und holt eine große Schüssel aus einem der Regale. „Ich hab auch Hunger." meint sie. Sie füllt etwas von der Mischung in zwei Tonschüsseln, welche auf dem hölzernem Tisch, in der Mitte des Raumes stehen. Rebecca gibt eine der gefüllten Schüsseln, Laila.

„Lass uns nach drüben gehen. Da ist es gemütlicher." sagt sie. Während Laila mit ihrer Portion nach nebenan geht, füllt sie die zweite Schüssel und folgt Laila, die sich schon einen Platz im Wohn- und Esszimmer suchte. Der Raum war mit einem großem, rundem Tisch und sechs Stühlen ausgestattet. In der rechten hinteren Ecke, hatte Wladislaw, ein großes Eckregal für diverse Bücher angebracht. Für die Bücher mit Geschichten aus vergangenen Tagen, für welche mit technischen Anleitungen und Bauplänen, sowie für ein paar Bücher und Hefte mit eigenen Aufzeichnungen, seiner Arbeit als Techniker und Tüftler. Daneben hatte er eine lang gezogene, breite Bank aus Holz eingebaut, welche bis in die rechte vordere

Ecke und bis an den Eingang zum Zimmer reichte. Sie war groß genug, um mehreren Gästen, einen bequemen Platz zu bieten. Um ein wenig Sitzkomfort zu haben, hatte Rebecca ein paar dicke Felle besorgt, welche die Sitzfläche und die Rückenlehne gut polsterten. Alles in allem, ein recht gemütlicher Raum, in dem man es ganz gut in den langen Wintermonaten aushielt. Rebecca setzte sich an den großen Tisch, während Laila es sich auf der Bank gemütlich gemacht hatte. Während des Essens, redeten sie über dies und das. „Rebecca!" lies eine kräftige Stimme verlauten. Wladislaw stand plötzlich, schwitzend und mit hochrotem Kopf, in der Tür. Ein dreiundvierzig jähriger, kräftiger, vollschlanker Mann mit Drei-

Tage-Bart und kurzen, dunkelblonden Haaren. Er ist der Mann und Freund von Rebecca und arbeitet mit Antonio in der Werkstatt. „Was ist den mit dir los?" erkundigt sich Rebecca, erstaunt über das plötzliche Auftreten Wladislaw's. „Ach, hör auf. Hab schon wieder eine Diskussion mit Antonio gehabt. Dann kam Karl noch dazu und das Chaos war perfekt." „Worum ging es den diesmal?" fragte Rebecca etwas gelangweilt. „Nichts besonderes." antwortet Wladislaw. „Ein Teilstück der Lüftung, hinten bei Gaston und Karl, ist ausgefallen. Ich stecke im Hauptzufuhrschacht und versuche den Ventilator zu erreichen, da kommt Karl an und beschwert sich darüber, dass in seiner Bude die Abgase von

Gaston ankommen, während Antonio den über mir liegenden Lüftungsschacht auf schraubt und mir ständig eine der Schrauben von ihm ins Genick fällt. - Sag mal ist noch was zu Essen da? Ich hab einen Bärenhunger." „In der Küche im Regal." entgegnet Rebecca. Laila schmunzelt derweil in sich hinein. „Da hörst du es. Antonio." wendet sich Rebecca an Laila. „Ja, Ja. Ich weiß. Antonio." Ein scheppern und ein lautstarkes „Ach, verdammt!" von Wladislaw, aus der Küche, unterbrach die beiden. „Wladislaaw! Vorsicht!" ermahnt ihn Rebecca. „Männer. Ohne Frauen sind sie nicht zu gebrauchen." spricht sie vor sich hin. Laila kichert in sich hinein. „Vielleicht sollten wir dann zu Suu hinter gehen. Was meinst du,

Laila?" „Ich denke auch. Wenn hier noch ein Mann aufkreuzt, wird es anstrengend." In diesem Moment, betritt Karl den Raum. Ein hoch gewachsener, schlanker Mann. Sein langer, blonder Seitenscheitel hängt über seinem drahtigem Gesicht. Mit seinen fünfundvierzig Jahren, ist er ein erfahrener Mann. Etwas dominant aber ruhig und gelassen. „Da haben wir den Salat. Wenn man vom Teufel spricht." „Welcher Teufel denn?" fragt Karl die beiden „Sagt mal, ist Wladislaw hier?" „Jaa!" tönt es darauf aus der Küche. „Ich bin gleich fertig. Wer arbeiten soll, muss auch Essen." „Wir wollen gleich los, zu Suu. Dann habt ihr hier eure Ruhe." meint Laila. Sie steht auf und stellt die Schüssel auf den Tisch. Auch Rebecca steht auf und lässt ihre Schüssel auf dem Tisch stehen. „Heute Abend wollten wir uns alle in der Werkstatt treffen. Seit ihr dann auch dort?" fragt Karl, im Flur stehend. „Wahrscheinlich schon." entgegnet Rebecca. „Wir kommen dann mit Suu." Die beiden verlassen die Behausung durch den Flur, während Wladislaw und Karl beginnen, mit einander zu diskutieren.

Laila und Rebecca treten in die Eingangshalle und machen sich auf den Weg zu Suu. Sie durchlaufen die Halle, bis in den hinteren Bereich, in dem sich, auf der rechten Seite, auch die Werkstatt befindet. Die Halle wird langsam schmaler, wird zu einem breiten Gang, welcher sich in zwei Hauptgänge aufteilt. In einem kleinem Bogen, führt der rechte, der beiden entstandenen Gänge, um die Werkstatt herum, weiter hinein in die Höhlenkolonie. Die beiden Frauen gehen immer weiter. Vorbei an kleinen Stallanlagen und den Behausungen, der anderen Bewohner der Kolonie. Einige Menschen laufen, während die beiden unterwegs sind, beschäftigt an ihnen vorbei. Manche arbeiten im großen Speicher am Eingang oder in den Ställen, andere sammeln Holz zum Bauen und Kochen oder Futter für die Ziegen und Schafe. Im Vergleich zu der hell erleuchteten Halle, am Eingang der Kolonie, sind die Gänge eher karg beleuchtet. Die sich bildenden Schatten, an den rauen Wänden, geben dem erdigem Gang, ein eigentümliches

Aussehen. Nachdem die Frauen ein kleines Stück gelaufen waren, kamen sie an eine weitere Weggabelung. An dieser Gablung wohnt Suu. Eine aus dicken Brettern gefertigte Tür, bildete den Eingang, zu Suu's Behausung. Rebecca schlug kräftig mit der Faust dagegen. Nach einem kurzem Moment, öffnet Suu die Tür. Eine schlanke aber kräftige Frau von zweiunddreißig Jahren. Sie war bekleidet mit einem dunklem Overall, aus dicker Baumwolle. Ihre langen, blonden Haare, mit einzelnen, dunklen Strähnen, hatte sie zu einem Zopf gebunden. Mit einem freundlichen Lächeln, begrüßt sie die beiden Frauen. Rebecca und Laila treten ein und folgen Suu, in das große Wohnzimmer, der geräumigen

Unterkunft. Ein, durch eine halb hohe Wand abgegrenzter, großer Raum, bildete den Wohnbereich, welcher mit einer offenen Küche vereint war. Hinter der halben Wand, befand sich ein langer Tisch, der als Anrichte diente. Rechts daneben, in der Ecke, war die Kochgelegenheit eingerichtet. An der Wand gegenüber, waren ein paar, nicht all zu dicke, Stämme an die Wand gelehnt, welche mit grob geschnittenen Brettern verbunden waren. Dieses Regal diente als Ablage für diverse Küchen-utensilien. Ein großer Halbring, in der Mitte des Wohnraumes, bildete eine bequeme Sitzmöglichkeit, welche durch einen flachen, ovalen Tisch ergänzt wurde. An der hinteren, leicht runden Wand, stand ein breites Regal, behangen mit verschiedenen bunten Tüchern. Suu setzt sich und bietet Rebecca und Laila ebenfalls einen Platz, auf dem geräumigem, mit dicken Fellen gepolstertem Sofa, an. Auf dem Tisch stand ein Kerzenhalter aus verschieden großen, gestapelten und aneinander geschweißten Zahnrädern. Dicker Wachs war an ihm herab geflossen. Er umrahmte drei dicke Kerzen. An der Decke hing ein Strahler, mit drei, in verschiedene Richtungen weisenden, Leuchten. Die Lampe war gefertigt, aus ineinander gesteckten, dünner werdenden Rohrstücken, welche Würmern ähnlich sahen. Suu war oft, mit Take, in der Werkstatt, wo die beiden mit Wladislaw, Antonio und noch ein paar anderen, an Lüftungssystemen, Werkzeugen,

Kleinfahrzeugen und Energieanlagen arbeiteten. Offensichtlich hatte sie von da die Teile, für die Lampe und den Kerzenhalter, mitgenommen.

„Hast du mit bekommen, was mit der Lüftungsanlage war?" fragt Rebecca die neben ihr sitzende Suu. „Nur nebenbei." antwortet Suu. „So viel ich gehört habe, ist einer der Hauptventilatoren ausgefallen. Antonio und Wladislaw arbeiten daran. Hast du Wladislaw noch nicht getroffen?" „Oh, doch. Er war ein bisschen Sauer, weil Karl sich über die kaputte Lüftung beschwert hatte. Es lief wohl in dem Moment nicht so gut. Antonio ging im scheinbar auch noch auf die Nerven." Laila musste wieder lachen. „Was ist?" fragt Suu, schmunzelnd, die lachende Laila. „Ich lache nur wegen Antonio. Irgendwie fällt er immer wieder negativ auf. Als wir vorhin vom Feld kamen, um etwas bei Rebecca zu essen, tauchte Wladislaw auf. Mit knallrotem Kopf. Er regte sich über Karl und Antonio auf und zerschmiss dann noch eine Schüssel, obwohl er etwas Essen wollte. Er war sichtlich genervt. Kurz darauf kam Karl an, dann sind wir gegangen." Nun mussten Rebecca und Suu auch schmunzeln. Rebecca ergriff wieder das Wort. „Ich will nicht da sein, wenn Wladislaw Sauer ist. Das gibt meistens Zoff. Karl meinte, heute Abend würden sich alle in der Werkstatt treffen." „Ja. Nachher." meint Suu. „Ich wollte dann auch da hin. Take und ich, bauen noch an einer neuen

Energieeinheit. Die sollte bald fertig werden, aber wir haben noch nicht genügend Teile. Wir müssen eigentlich in die Stadt, welche holen." Rebecca's Gesicht nahm wieder ernste Züge an. Sichtlich beunruhigt bemerkt sie: „In die Stadt? Solche Neuigkeiten haben mir nie gefallen. Es lässt sich nie alles ohne diese verdammte Stadt ausführen. Das gefällt mir nicht. Ich weiß nie, ob ihr alle wieder zurück kommt." Suu wusste, wie Rebecca darüber dachte und beruhigte sie. „Ich weiß. Du hältst von solchen Ausflügen nicht so viel. Aber wir haben wirklich keine brauchbaren Teile mehr und die neue Energieanlage ist einfach notwendig. Passiert ist bisher auch nichts, wenn wir unterwegs waren." „Vor fünf Jahren ist aber was passiert." entgegnet Rebecca ernst. „Ich weiß." antwortet Suu. „Richard war dumm gewesen. Du weist auch, dass er alles auf eigene Faust erledigen wollte und..." Rebecca unterbricht sie. „Ja, Ja, ich weiß. Richard und sein Dickschädel. Trotzdem. Ich will das ihr immer vorsichtig seit und nur los geht, wenn es wirklich notwendig ist." Ein kurzer Moment der Ruhe trat ein. Keine von allen dreien, wusste etwas zu sagen. „Es ist wie es ist." meint Suu, zog ihren Zopf zusammen und stand auf. „Wollen wir vor gehen, zur Werkstatt? Ich will sehen, ob Take weiter gekommen ist." „Ja. Warum nicht. Habt ihr noch was zu trinken dort?" fragt Rebecca, während sie aufstand. „Ja." antwortet Suu. „Antonio hat was organisiert. Ich glaube frisch gebrautes Bier, von Farad." Auch Laila erhebt sich. Sie gehen gemeinsam zur Tür. Suu öffnet die Tür. Nachdem Rebecca und Laila hindurch gegangen und in den Gang getreten waren, schloss sie die Tür. Sie liefen den Gang zurück, zur Werkstatt. Vorbei an der Weggabelung, dann durch den breiten Gang bis in die Eingangshalle und nach links, zum Eingangstor der großen Werkstatt. Suu öffnet die Tür, des zweiflügligen, schweren Tores. Sie betritt als erste die Arbeitsstätte. Rebecca und Laila gingen nach ihr hinein und schlossen die Tür hinter sich. Ein großer Werkstattraum eröffnete sich ihnen. Auf der linken Seite, in der Ecke, standen zwei Quad. Richard und Wladislaw hatten sie, vor Jahren, umgebaut. Sie hatten die Quad mit kräftigen Elektroantrieben ausgestattet und sie genutzt, um Baumstämme aus dem dichten Unterholz des Waldes zu ziehen. Jetzt stehen sie schon lange da und werden nur noch selten genutzt. Auf der rechten Seite, hatten die Nutzer der Werkstatt, große, schwere Regale aufgebaut. Aus Baumstämmen und Ästen, hatten sie eine stabile Konstruktion geschaffen. Darin verstaut, waren die unterschied-lichsten Utensilien für die Arbeit in der Werkstatt, sowie diverse Gerätschaften, welche irgendwann entwickelt und gebaut wurden waren. In der Mitte, dieser geräumigen Halle, standen verschiedene Lüftungsrohre und etwas, was anmutete, als währe es eine

Konstruktion aus großen Reagenzgläsern. An diesem eigenartigem Gerät stand Take und schraubte an etwas herum. Take, eine leicht gebräunte, achtunddreißig jährige Frau normaler Größe und weiblicher Statur. Ihre langen, dunklen Haare, hatte auch sie zum Zopf gebunden. Sie schlängelten sich über den Rücken, ihres dunkelblauen Overall. Unter ihrem linkem Auge trug sie eine kleine Narbe. Hervor gegangen aus einem Unfall, bei dem sie mit einem der Quad, beim Holz holen, gestürzt und mit dem Gesicht ins Geäst des Unterholzes gefallen war. Sie hatte keine weiteren gesundheitlichen Schäden davon getragen. Nur diese Narbe zeugte noch von dem Unfall, auf den sie nur ungern angesprochen werden wollte. Suu, Rebecca und Laila gingen auf sie zu. Nach einer kurzen Begrüßung, fragte Rebecca nach dem Gerät, an dem Take arbeitete und betrachtete es interessiert. Take erklärte ihr, dass es sich um einen Stromgenerator handelt. Die vier parallel angeordneten, aufrecht stehenden, etwa zwei Meter langen Glasrohre dienten dazu, mittels der warmen Sonnenstrahlen, die Luft im inneren der Rohre zu erhitzen. Die Rohrkonstruktion sollte, wenn sie fertig gestellt war, auf einer Lichtung im Wald aufgebaut werden. Unter den Rohren sollte dann ein schmaler Luftspalt bleiben, durch den die kühle, frische Luft von außen in die Röhren eindringen könnte.

Nachdem sich die Luft erhitzt hätte, würde sie einen Luftstrom nach oben erzeugen und durch dünne Glasröhren, welche am oberen Ende der Rohre montiert waren und an den Seiten nach unten führten, gedrückt werden. Kleine Generatoren, mit Repeller, wovon mehrere unter den Rohren montiert werden, würden von der erhitzten Luft angeblasen. Durch die so angetriebenen Generatoren, welche sich wiederum in Rohren der Lüftung befanden, sollte Strom erzeugt werden. Die erwärmte Luft, welche die Generatoren passiert hatte, soll dann, durch einen Filter hindurch, in das unterirdische System der Lüftung strömen, welches die Gänge oder die Werkstatt beheizt. Take war der Meinung, dass mehrere von diesen Stromerzeugern notwendig wären, da die alte Stromversorgung, mit Solarzellen, des öfteren etwas überlastet ist und die Versorgebatterien, für die Kolonie, nicht immer ausreichend geladen werden. Wahrscheinlich kam es, wegen der knappen Energie, zum Ausfall des Hauptventilators, an dem Wladislaw und Antonio noch arbeiteten. „Wow!" meinten Rebecca und Laila, beeindruckt von der neuen Entwicklung und der dazu gehörenden Erklärung von Take, wie aus einem Munde. „Wie lange arbeitet ihr schon daran? Wladislaw hat noch nichts davon erzählt." äußert sich Rebecca weiter. Take musste lachen und antwortet belustigt. „Schon ein paar Tage. Wir wussten, dass die Energie knapp war und haben angefangen, daran zu arbeiten. Dass der Hauptventilator ausfällt, wussten wir nicht. Wahrscheinlich hat er durch die Stromschwankung etwas ab bekommen und ist kaputt gegangen. Der ist schon Jahre in Betrieb. Irgendwann währe er sowieso gewechselt worden." Take legte den Schraubendreher beiseite, mit dem sie, während ihrer Erläuterung, rumgefuchtelt hatte. „Ich hol ein paar Bier. Wollt ihr auch was?" Rebecca, Suu und Laila nickten und bejahten. Daraufhin ging Take zu den Wandregalen und zog eine Holzkiste mit Bierflaschen, unter einem Tuch hervor. Sie ergriff zwei Flaschen mit einer Hand, nahm in die andere Hand zwei weitere Flaschen und schob die

Kiste wieder zurück. Mit den klappernden Flaschen kam sie wieder zurück. „Farad lässt immer mal ein Kasten Bier hier ankommen. Ist frisch gebraut." Mit einem knallendem Plop, öffnet Take die erste Flasche und reicht sie Rebecca. Sie öffnet noch zwei weitere Flaschen für Suu und Laila, gab sie ihnen und nahm die letzte Flasche für sich. „Zum Wohl. Auf ein gutes gelingen und reiche Beute in der Stadt." meint sie, während sie den anderen zu prostet. „Und auf eine unbeschadete Heimkehr." fügt Rebecca schnell hinzu. „Stimmt. Warum nicht." meint Take und trinkt einen Schluck, von ihrem Bier. Take sah die Dinge nie so, dass etwas geschehen könnte. Ihrer Meinung nach, währe das Risiko eines zwischenfalls größer, wenn man sich ständig damit auseinander setzen würde. Sie war schon öfter mit in die Stadt gezogen und kannte, ein wenig, die gefährlichen Ecken und Zeiten. Die Tür, des Eingangstores, zur Werkstatt öffnete sich. Wladislaw, Antonio und Karl kamen herein. „Die Damen haben die Flaschen schon geöffnet? Ja? Sind den noch ein paar Bier für uns da?" ruft Wladislaw den vier Frauen entgegen. Karl und Antonio grinsten. Karl ging zum Regal und holte noch drei Bier aus der Kiste. „He, woher weist du, wo unsere Reserven sind?" fragt Antonio, als Karl mit den Flaschen ankam. „Gerochen!" antwortet Karl und gab Antonio und Wladislaw jeweils eine Flasche von dem Bier. „Prost." ruft Wladislaw, während er die gerade geöffnete Flasche erhob. „Nach getaner Arbeit, kommt mir ein Bier gerade recht." „Der Ventilator läuft also wieder?" fragt Laila darauf. „Ja! Er läuft wieder. Hab den Antrieb gewechselt. Der alte ist wohl hinüber." antwortet Wladislaw. „Wie sieht es mit dem neuem Aggregat aus Take? Kommst du voran?" wand sich Karl an Take. Er betrachtet die Gerätschaft von allen Seiten und nippt immer wieder an seinem Bier. „Ich hab es eigentlich soweit fertig." antwortet sie. „Es fehlen mir nur ein paar Kleinteile, für die Befestigungen. Für die anderen zwei, die wir noch bauen wollten, haben wir nur die Rohre und ein paar Teile der Lüftung. Die Generatoren und die Kabel brauchen wir noch. Ich wollte morgen eine Liste schreiben. Hab nicht alles im Kopf." „Kommen wir also nicht drumrum, in die Stadt zu gehen, wie?" „ Zeit für ein kleines Abenteuer." wirft Wladislaw ein. Das Gesicht von Rebecca verfinstert sich wieder etwas, worauf Wladislaw seine gute Laune ein wenig zügelt. Nervös nach einem Thema ringend, haspelt er los. „Rebecca. Du weist doch, wir passen auf und Blödsinn wollen wir auch nicht machen. Wir brauchen noch Kleinkram." „Schon gut. Ich weiß. Ich weiß. Suu hat auch schon was dazu gesagt. Wann wollt ihr den eigentlich los?" „In zwei oder drei Tagen." wirft Take ein. „Wir müssen noch einiges vorbereiten." Auch Karl stimmte dem, nickend, zu. Rebecca nahm dies mit einem gezerrten „Hmm."

hin. Laila schien eher unentschlossen darüber, was sie davon halten sollte. Während die zusammengekommenen noch weiter ihr Bier genossen und über dies und das Sprachen und lachten, ging der Tag langsam zur neige. Die Dunkelheit legte sich über das Land und den dichten alten Eichenwald. Alles kam langsam zur Ruhe.

Die nächsten Tage verliefen, wie alle anderen auch. Rebecca und Laila, arbeiteten mit ein paar anderen, auf den kleinen Feldern im Wald und bereiteten die Aussaat vor. Karl, Wladislaw, Antonio, Take und Suu trafen alle Vorbereitungen, für die Expedition in die Stadt. Der Rest der Kolonie lebte im täglichem, geschäftigem Treiben und bekam nichts weiter mit, von den Plänen, der kleinen, fünfköpfigen Gruppe.

AUFBRUCH

Von einem donnerndem Klopfen, an der Tür, erwacht Suu, aus dem Schlaf. Die Tür öffnete sich und Take stand in der Wohnung. Fertig zum Aufbruch, mit großem Rucksack auf dem Rücken, in ihrem Overall mit Gürteltaschen, für diverse Utensilien, begrüßte sie Suu. Ein schallendes „Guten Morgen. Aufstehen!" öffnet Suu's noch schläfrige Augen. Mit einer trägen, abwinkenden Armbewegung deutet sie ihr erwachen an. „Was ist den los? Keine Lust auf zu stehen? Der Tag ist kurz." Müde verzieht Suu das Gesicht. „Wie spät ist es den? Sind die anderen schon wach?" „Jep!" antwortet Take. „Es ist halb fünf. Die anderen warten in der Werkstatt und suchen noch ein paar Werkzeuge zusammen." Suu erhebt sich von ihrem Lager und machte Anstalten, ihren Overall über zu streifen. Dann stand sie auf, ergriff ihren fertig gepackten Rucksack und eine größere Gürteltasche mit Werkzeug, welche sie an zwei Schlaufen, an ihrem Overall, einhängte. „Gibt es ein Frühstück? Ich muss unbedingt noch was essen." „Ja, Karl hat was mitgebracht. Aber erst mal in die Werkstatt. Wir müssen los. Du weist, der Weg ist lang." Suu wusch sich noch schnell das Gesicht mit kaltem Wasser in der Küche, dann gingen sie zusammen los. Im Gang war es still. Nur die festen Schritte ihrer Wanderschuhe waren zu hören. Auf dem Weg zur Werkstatt, rückte Suu ihren Rucksack zurecht und schloss, mit einem Klicken, den Bauchgurt. Als Suu und Take in der Werkstatt ankamen, hatten Karl, Wladislaw und Antonio schon alles zusammengesucht. Sie warteten, mit einer Tasse Kaffee in der Hand, auf die beiden Frauen. „Gibt es noch Kaffee und Brot?" ruft Take in die Werkstatt hinein. „Ja. Aber macht hin. Wir wollen nicht den ganzen Tag frühstücken." ruft Wladislaw lauthals zurück und grinst. „Morgen." begrüßt Suu die anderen. Sie goss sich einen Kaffee ein, nahm ein Stück Brot und etwas Ziegenkäse. Während die anderen grinsend zu sahen, labte sie sich an der Morgenmahlzeit. „Was ist?" fragt Suu nach einer Weile. „Warum grinst ihr so?" „Es ist einfach spannend, dir beim aufwachen zu zu sehen. Wie lange wirst du noch brauchen?" fragt Wladislaw. „Ich bin wach." antwortet Suu. „Ich bin morgens immer so." Wladislaw musste lachen. „Na, dann können wir ja los. Ist ein Stück, bis in die Stadt." Sie schnappten ihre Rucksäcke, verließen die Werkstatt und durchliefen die Eingangshalle bis zum Eingangstunnel. Karl schaute sich noch einmal um. Sein Gesicht hatte eine ernste Mine, als ob er nie wieder zurück kommen würde. Dann betrat er den Gang, welcher nach draußen führte. Schritt für Schritt, näherte sich die Gruppe der Außenwelt, in der sie zu hause waren. Auf dem altem Weg angekommen, fragte Karl noch einmal, ob jeder alles dabei hatte, dann liefen sie los.

Den ganzen Tag würden sie laufen. Sie liefen auf dem altem Weg entlang. Er führte sie tiefer in den Eichenwald hinein. Die ersten, einzelnen Sonnenstrahlen durchbrachen das dichte, satte Grün der Bäume. Sie warfen lange Schatten auf den Weg. Die kühle und frische Morgenluft trieb die fünf an. Mit kräftigem, straffem Schritt, begannen sie ihren langen Marsch, durch den Wald. Das Laub des vergangenen Herbstes, raschelte unter den tritten der Wanderer. Lange liefen sie so durch den Wald. Vorbei an umgestürzten, morschen, mit Moos bewachsenen Bäumen und an großen Felsbrocken. An einigen Stellen hatten sich Senken im Boden gebildet, in denen sich offensichtlich Wildschweine suhlten, wenn es geregnet hatte. Jetzt aber, an diesem kühlem Frühlings-morgen, waren keine in der Nähe. Sie liefen, bis sie an einen Fluss kamen. Er teilte den Wald und schlängelte sich, in weiten Bögen, durch die große Waldebene. Seine Ufer waren dicht bewachsen, mit dicken Grasbüschen. Vereinzelte Kolonien junger Schilfpflanzen, schossen zwischen den Gräsern empor. Große Bäume säumten den Weg, welcher am Ufer des Flusses entlang lief. Die knorrigen Äste, mit dem jungem Blattgrün, ragten über ihn und gaben dem Weg die Form einer Röhre. Zwischen den alten Bäumen, hatten sich verschiedene junge Bäume, Sträucher und Büsche angesiedelt. An den Stellen, wo die Sonne in den Wald hinein langte, hatten sich verschiedene weiß und Lila blühende Pflanzen aus gebreitet. Die Ebene lag, zwischen zwei nicht all zu hohen Bergketten, deren schroffe aber nicht zu hohen Felsen das Waldtal ein schlossen. Der Weg führte weiter am Fluss entlang. Ein klares Plätschern, ausgelöst durch kleine Hindernisse im Fluss, begleitete die fünf, während ihrer Tour durch den Wald in die Stadt. „Was brauchen wir eigentlich alles?" fragt Suu, nach einigen Stunden und Kilometern, während sie weiter am Fluss entlang laufen. Take überlegt kurz. „Ein paar Generatoren, Kabel, Bleche und noch ein bisschen Kleinkram. Warum?" „Nur so. Wisst ihr schon, wo wir das raus holen?" „Es gibt am Stadtrand ein Lager von Cybertech. Das ist so ein Hersteller für Roboter und Computertechnik. Da wollten wir rein. Mal sehen, was bei denen zu holen ist. Wir werden wohl durch die Kanalisation gehen und irgendeinen Abflussschacht nutzen, um rein zu kommen. Karl meinte, es gäbe einen Zugang zur Kanalisation, in der Lagerhalle. Er war vor einer Weile dort und hat nach gesehen. Ich hoffe deine Schuhe sind Wasserfest." „Sind sie. Hoffentlich halten sie ein bisschen mehr ab, als nur Wasser." Take musste schmunzeln. „Das hoffe ich bei meinen Schuhen auch." sagt sie „Die sind schon etwas ausgetreten. Ich hab auch noch Fett dabei. Wir können sie ja, heute Abend, noch mal fetten." „Das ist gut." meint Suu „Ich glaube meine haben das mal nötig." Während sie so redeten und liefen, wurde der Fluss langsam breiter. Er bildete einen kleinen See. Auf der anderen Seite des Flusses, war schon das erste Felsmassiv, zwischen den Bäumen, zu sehen. Sie näherten sich dem Einschnitt, zwischen den beiden Bergketten, in welchem der Fluss zwischen den Bergen hindurch floss. Nicht all zu weit entfernt, ragte etwas am Ufer hervor. Das Gebilde sah aus, wie der Überrest einer Mauer. Offensichtlich, näherten sie sich einer Wehranlage. Der Fluss wurde wohl einst gestaut, damit die Ebene, in welcher die Stadt lag, im Frühjahr nicht überflutet würde. „Da vorn ist der Staudamm." meint Wladislaw. „Da machen wir eine Pause. Die

Sonne steht schon hoch. Es wird bald Mittag sein." „Zeit was zu essen. Was?" hakt Antonio dazwischen. „Nicht, dass du uns vom Fleische fällst. Währe doch Jammer schade." „Das wird schon nicht passieren. Sei unbesorgt Antonio. Ich hab schon vorgesorgt. Das kann man von dir allerdings nicht behaupten. Nicht, dass du selbst, am Ende vom Fleische fällst." Karl lacht kurz und spricht: „Ist wirklich Zeit für einen kräftigen Happen. Ich habe auch schon Hunger. Was zu trinken brauche ich auch." Die hoch am Himmel stehende Sonne, verbreitete eine angenehm warme Temperatur. Sie liefen auf eine große Bucht am Wegesrand zu. Ein tiefes, grollendes, lauter werdendes Rauschen, kündigte den

Wasserfall, der Stauanlage, an. In der Mitte der Bucht, wuchsen drei Bäume. Sie spendeten etwas Schatten. Die darunter liegenden Felsblöcke, boten eine gute Möglichkeit zum sitzen. „Lasst uns zu den Felsen gehen. Da ist es etwas schattig und man hat einen schönen Ausblick auf den See und die Umgebung." meint Karl und öffnet die Bauchschnalle seines Rucksacks. „Herrlich, oder? Hier kann man es doch aushalten." äußert sich Wladislaw. „Am besten noch eine Hängematte und eine gute Flasche Bier. Das währe jetzt das richtige." Karl nahm seinen großen Wanderrucksack ab und stellt ihn an einen der größeren Felsbrocken. Die anderen taten es ihm nach. Dann öffnete er den Deckel seines Rucksacks und holte ein frisches, dunkles Brot und eine Blechdose mit Schmalz heraus. Er legte alles auf den großen Felsblock, welcher als Tisch dienen sollte. Wladislaw und Antonio legten ein paar Würste und noch ein Brot dazu, während Take und Suu Käse, eine Kanne Kaffee, Blechtassen und, von Hand geschmiedete und geschliffene, Messer auspackten. Sie setzten sich alle, auf die verschieden großen Blöcke. Take begann sogleich, eines der Brote zu schneiden, während Suu den Kaffee in die Tassen goss. Die drei Männer warteten schon ungeduldig, um sich kurz darauf, über Brot, Schmalz, Würstchen und Käse her zu machen. „Nicht so hastig!" meint Take. „Ist doch genug für alle da." Als nun jeder hatte, was er wollte und dazu einen heißen Kaffee, wurden alle wieder ruhiger und genossen die Mahlzeit, im Schatten der Bäume. Das aufgewühlte, hellbraune Wasser des Flusses, floss zäh und langsam an ihnen vorbei. Laub vom Herbst und dünne, einzelne Zweige, trieben auf der Oberfläche des Wassers. Die Strömung wurde zur Flussmitte hin etwas stärker, bis alles, in einem sanftem Tosen, gut zwei Meter in die Tiefe stürzte und mit schäumender Gicht bedeckt, weiter floss. Weiter draußen auf dem angestautem See, schwamm, ohne sichtliches vorwärts kommen, ein Stück von einem Ast. Zwei Enten hatten sich darauf nieder gelassen. Während die eine sich in der Sonne wärmte, war die andere dabei sich das nasse Gefieder zu putzen. Vom anderen Ufer her, stieß ein Reiher ein Stück in die Höhe, um dann, sanft wie eine Feder, in geringer Höhe, über den Fluss zu gleiten. Die rastenden, umgab das flache Gemäuer der Stauanlage. Es bestand aus brüchigem und feuchtem, dunkelgrauem Sandstein. Die Blöcke waren in U-Form gemauert. An der einen Seite des Gemäuers, war die Erde nicht mehr so fest. Ein großes Stück, war offensichtlich heraus gebrochen und vom Fluss weg getragen wurden. Eine dicke Wurzel, von einem der Bäume, ragte aus der aufgebrochen Erde hervor. Suu nahm ihre Kaffeetasse, setzte sich auf die, etwa zwei Meter entfernte, Mauer und schaute nachdenklich auf den See hinaus. Nach einer

Weile, wand sie sich den anderen wieder zu. „Sagt mal." beginnt sie „Kommt hier nie jemand, aus der Stadt, her?" Karl mustert sie kurz und antwortet: „Ich glaube nicht. Wahrscheinlich würde ein Bautrupp kommen, wenn der Staudamm kaputt geht. Aber ansonsten... ." Karl schiebt eine nachdenkliche Minute ein „Ich glaube gar nicht, dass die Kollektivierten ihre Stadt verlassen. Ich denke, sie sind immer in ihrer Systematik eingebunden und haben wenig Interesse an der Welt, welche sie umgibt." „Eigenartig." meint Suu „Das sie nicht mehr viel, über die Schönheit dieser Welt wissen wollen." „Wahrscheinlich wissen sie schon, wie es hier ist,..." schiebt Wladislaw sich dazwischen „...nur wird es sie einfach nicht weiter interessieren." Auch Take stimmte dem nickend zu. „Wir werden hier wohl niemandem begegnen. Oder? Würden sie uns suchen, weil sie gemerkt haben, dass ab und zu etwas verschwindet? Kriegen die das überhaupt mit?" fragt Take ernst. Wladislaw und Karl bekommen ein nachdenkliches und ernstes Gesicht und sehen einander kurz an. „Gute Frage." beginnt Karl „Ob sie das mitbekommen? Du machst mich nervös. Ich weiß es nicht. Theoretisch schon. Sie sind alle miteinander vernetzt. Schon möglich, dass sie wissen, dass Zeug geklaut wird. Andererseits, haben sie auch Streit mit anderen Städten. Möglich, dass sie die Beschädigungen als Sabotageakt sehen." „Das hoffe ich." meint

Antonio darauf. „Ich gehe mal davon aus, dass sie uns nicht erwarten und erwischen. Die würden uns sofort eingliedern." „In jedem Fall sollten wir uns von jetzt an vorsichtig bewegen." spricht Karl weiter „Wir sollten uns noch eine Weile hier aufhalten und dann weiter gehen, so dass wir am Abend an der Höhle ankommen. Begegnen werden wir wohl wirklich niemandem. Davon gehe ich aus. Aber sicher ist sicher." Auch Wladislaw nickt zustimmend. „Das denke ich auch." meint er und schnappt sich grinsend noch ein Würstchen. „Sicher ist sicher. Verhungern werden wir zumindest nicht." Ein schmunzeln geht durch die Runde. „Eben. Ruhen wir uns noch ein bisschen aus." meint Karl. „Wir werden wohl die ganze

Nacht auf den Beinen sein." Er stand auf, um sich auf die Erde zu setzen. Karl lehnte sich an den Stein auf dem er gesessen hatte, schloss die Augen und genoss das sanfte Rauschen des Flusses, inmitten der Natur. Take setzte sich zu Suu. Antonio und Wladislaw blieben an der Speisetafel. Die Vögel zwitscherten hier und da. Ein sanfter Wind ging durch die Baumkronen und brachte die Blätter zu einem sanftem Rauschen.

SCHRITTE IN DIE NACHT

Von Wladislaw wach gerüttelt, reißt Karl die Augen auf. „He, Karl. Wach auf. Ich glaube es ist Zeit, weiter zu gehen." „Verdammt!" entgegnet Karl etwas überrumpelt. „Bin wohl eingenickt. Hab ich lange geschlafen?" „Vielleicht zwei Stunden." antwortet Wladislaw. „Wir sollten packen und los." Die Sonne war schon ein ganzes Stück über den Zenit und verlor schon etwas an Kraft. Take und Suu waren am packen, während Antonio sich das Gesicht, am Fluss, wusch. Karl erhob sich, reckte sich und griff nach seinem Rucksack, an dem er gelehnt hatte. „Nimmst du wieder das Schmalz?" fragt ihn Take, während sie die Tassen zusammenpackte. „Ja." antwortet Karl „Ich packe es mit ein. Alles andere ist schon zusammen-gepackt?" „Ja. Wir sind eigentlich soweit." meint Take. „Ich hoffe du hast genug geschlafen."

Brummend nimmt Karl die Schmalzdose, packt sie in seinen Rucksack und schließt den Deckel. Als auch Take die Tassen verstaut hatte und den Rucksack auf dem Rücken, liefen sie los. Das Rauschen des Staudamms lies langsam nach. In der entstehenden Stille, waren nur die raschelnden Schritte der Schuhe, auf dem mit Laub halb bedeckten Lehmweg, zu hören. Hinter den Bäumen wuchsen die flachen Felsen näher an den Weg heran. Die fünf bewegten sich langsam auf das Bergportal zu, welches die Stadt hinter sich verbarg. Der Fluss wurde wieder schmaler, bis er schließlich die ursprüngliche Breite zurück erlangt hatte. Der Wald, rechts und links vom Ufer, war nun nicht mehr so dicht. Die Vegetation wurde spärlicher. Außer ein paar alten Bäumen, säumten nur noch flache Sträucher und Büsche den Weg. Immer wieder lagen Felsblöcke zwischen den Bäumen, bis die Bäume ganz verschwunden waren und nur noch Sträucher an und zwischen den kargen Felsen wuchsen. Der Lehmweg, welcher sich mittlerweile mehr und mehr mit Schotter angefüllt hatte, machte eine sanfte Biegung entgegen dem Fluss, dem er die ganze Zeit gefolgt war und entfernte sich langsam von dessen Ufern. Sträucher, Gräser und Büsche drängten sich nun zwischen den Fluss und seinen stillen Begleiter. Die Sonne sank währenddessen immer tiefer in den Horizont, im Rücken der Wanderer, ein. Unter dem Knacken der Steine des Weges, marschierten die zwei Frauen und drei Männer weiter, bis der Fluss nicht mehr zu sehen war. Zwischen den Felsblöcken versteckt, zeigte sich der Eingang zu einer Höhle, welche die fünf ansteuerten. „Da vorn ist unsere Unterkunft." ruft Karl, auf den Eingang weisend. „Da können wir unser Gepäck verstauen und das Lager einrichten."

Ein tiefes rot, durchzogen mit einzelnen Bändern von sattem gelb, füllte nun das tiefe Blau des Abendhimmels. Im Licht der untergehenden Sonne erreichte die Gruppe den Eingang zur

Höhle. „Wir brauchen unsere Lampen." sagt Karl, als er den ersten Schritt in das dunkle der Höhle tat. Er griff nach der Lampe an seinem Gürtel. Der Gürtelclip, der Lampe, knallte leise, als er sie vom Gürtel abzog. Den Kopf leicht eingezogen und den Gang mit der Lampe hell erleuchtend, ging er ins innere der Höhle. Die anderen taten es ihm nach und folgten ihm auf dem Fuße in die Dunkelheit. Nach einigen Schritten im engem Eingangstunnel, erreichten sie einen etwas größeren, nach links laufenden, Saal. Er hatte sich aus den geschichteten, riesigen Felsblöcken gebildet. Eine Art Felsspalte zwischen zwei Blöcken. Nicht all zu hoch und zu weit aber er bot Platz für mehrere Menschen. Am Rand war der

Boden mit Ästen und einer dicken Lage Laub bedeckt. Die Wände waren zum Boden hin abgesenkt. In der Mitte des Raumes lag eine flache Steinplatte, welche sich gut als Tisch nutzen lies. Die fünf setzten ihre Rucksäcke ab. Wladislaw begann sogleich eine alte Gaslampe, aus seinem Rucksack, hervor zu kramen. Er hatte sie umgebaut und mit Batterien bestückt, sowie mit einer kräftigen Leuchtdiode. Das sie umgebende Glas, sollte das Licht der Diode streuen. „Die wird eine weile halten." meint Wladislaw stolz und stellte die eingeschaltete Lampe auf die Mitte der Steinplatte. Der Raum wurde so hell erleuchtet, dass man bis zu den am Rand der Höhle liegenden Schlafplätzen gut sehen konnte.

Die anderen schalteten ihre Lampen aus und sahen sich um. „Nicht schlecht." sagt Take, „Hier werden wir es wohl aushalten können. Was machen wir?" Fragend schaute sie in die Runde. Karl ergreift das Wort. „Ich würde sagen, wir gehen alles nochmal in Ruhe durch, lassen alles, was wir nicht brauchen können, hier und packen den Rest so zusammen, dass wir genug Platz für Material haben. Wir werden wohl einiges verstauen müssen, oder?" „Das denke ich auch." sagt Take „Ich brauche eigentlich nicht viel. Mein Rucksack bleibt leer. Ich habe meine Werkzeuge auf Tasche." „Ich auch." bestätigt Suu. „Hab alles am Gürtel." „Ok." meinte Karl „Antonio und Wladislaw? Ihr habt auch, was ihr braucht?"

Wladislaw schaut zu Antonio. Antonio nickt ihm zu. „Ich glaube, wir haben auch alles dabei." antwortet Wladislaw „Ich räume meinen Rucksack auch leer. Etwas Essen könnten wir vielleicht noch, bevor wir los gehen. Oder? Wie lange sind wir unterwegs?" „Wahrscheinlich bis morgen früh." meint Karl „Etwas zu essen, ist wohl nicht die schlechteste Idee. Auf jeden Fall sollten wir so bald wie möglich los gehen. Sonst kommen wir nicht früh genug aus der Fabrik raus. Ich denke, spätestens gegen vier Uhr, müssen wir da weg sein. Ich will aber nicht so lange unterwegs sein." Karl schaut auf seine Uhr „Jetzt haben wir es dreiviertel neun. Ich denke wir brauchen eineinhalb Stunden, bis zur Kanalisation und dann noch mal eine Stunde, bis wir unter der Fabrik sind. Also bleiben uns etwa zwei Stunden. Dann müssen wir wieder raus. Nicht all zu viel Zeit, um uns nach allem um zu sehen, was wir brauchen." „Hast du eine Karte von der Kanalisation?" wirft Take ein, während sie ihren Rucksack auspackt und die Tassen auf die Steinplatte stellt. „Ich habe eine Skizze angefertigt. Die ist eigentlich ausreichend. War ja schon mal hier, nachsehen." Karl greift nach seinem Rucksack, öffnete den Reißverschluss des Deckels und zieht ein gefaltetes Blatt Papier heraus. Er faltet es auseinander und legt es auf die Platte. Wladislaw schiebt die Lampe etwas zur Seite. Die anderen setzten sich dichter an die Steinplatte und betrachten

Karls Skizzierung. „Was ist das hier?" will Suu wissen und deutet mit dem Finger auf ein U, welches neben dem Fluss eingezeichnet war, der quer über die Zeichnung verlief. „Das ist sicherlich der Fluss. So viel kann ich erkennen." „Der breite Streifen ist der Fluss." antwortet Karl „Das siehst du richtig. Das U, ist der Eingang zur Kanalisation. Da müssen wir rein. Bis zum Eingang führt ein schmaler, zugewachsener Weg am Fluss entlang. Vielleicht wurde er früher mal benutzt. Den werden wir nehmen. Wichtiger ist eigentlich, wie wir vorgehen wollen. Das muss funktionieren." „Wie kommen wir rein." fragt Wladislaw „In die Fabrik, meine ich?" „Es gibt einige Gullys." antwortet Karl „Die führen in regelmäßigen Abständen nach oben. Ich habe den markiert, durch welchen wir in die Lagerhalle kommen müssten." „Durch den Gully?" fragt Antonio ungläubig. „Ich hatte gehofft, es gibt einen bequemeren Weg. Passen wir mit gefüllten Rucksäcken da durch?" Karl grinst und antwortet: „Einen bequemeren Weg gibt es. Wenn du durch die Stadt spazieren und von den Aufpassern erwischt werden willst." „Kein bedarf." antwortet Antonio den Kopf schüttelnd. „Ich will nicht erwischt werden. Dann lieber den Gully." Karl schaut wieder auf die Karte. „Ok. Wir gehen also durch die alte Kanalisation. Ich habe noch ein Seil dabei. Damit können wir die Rucksäcke, durch die Gullyöffnung, runter lassen. Ich dachte einer bleibt in der

Kanalisation, nimmt die Taschen entgegen und bindet sie los. Mit Rucksack, währe der Abstieg etwas mühselig. Sobald einer die Taschen voll hat, abseilen und runter klettern. Ich denke, dass ist am effektivsten. Es gibt noch ein anderes Problem. An dem vorderem Eingang, stehen zwei Kontrolleinheiten. Eigentlich dürften sie nichts mitbekommen. Die fahren nur einmal um Mitternacht durch die Halle. Wahrscheinlich, um die Bestände zu kontrollieren. Sie haben mich beim ausspionieren nicht entdeckt und melden offensichtlich nur, was im Regal fehlt. Sie scannen nur die Bestände und haben keine Sicherheits-funktion. Wir sollten also nach zwölf Uhr einsteigen." „Bist du dir da ganz sicher?" fragt Take etwas skeptisch. „Sicher bin ich nicht." meint Karl „Aber aufgrund dessen, dass sie mich nicht entdeckt haben, gehe ich davon aus, dass die Roboter keine Einbrüche oder Diebstähle melden. Ich denke, es ist trotzdem besser aufzupassen. Wir wollen nichts riskieren." „Da bin ich dafür." wirft Antonio ein und reibt sich, mit dem Handrücken, über den Mund. „Ich will definitiv nicht erwischt werden. Die würden uns glatt verkabeln und integrieren." „Da hätte ich auch keine Lust drauf." meint Suu „Ich will auch unbeschadet nach Hause kommen." „Eben." stimmt auch Wladislaw zu „Ich habe Rebecca versprochen, dass wir keinen Blödsinn machen und aufpassen. Wann wollen wir los?" Karl sieht auf seine Uhr „Halb zehn." spricht er vor sich hin „Ich denke, wir sollten bald los, dann währen wir etwa...halb eins unter der Fabrik." „Ok." meint Wladislaw „Ich muss nichts weiter packen. Ich esse noch etwas, bevor es los geht." Take, Antonio und Suu räumten ihr Gepäck an die Schlafplätze. Die leeren Rucksäcke setzten sie gleich auf und nahmen wieder an der Steintafel platz. Take und Suu machte sich noch ein Brot mit Käse, während Antonio ein Würstchen in ein Butterbrot wickelte. Karl faltete die Skizze zusammen, packte sie wieder in den Deckel seines Rucksacks, verstaute seine Utensilien am Schlafplatz und setzte seinen leeren Rucksack wieder auf. Als die Fünf mit essen fertig waren, löschte Wladislaw die Lampe und schaltete seine Taschenlampe an. Take und Karl nahmen ebenfalls ihre Lampen zur Hand. Dann gingen sie los. Hinaus auf den Weg. Die Sonne war bereits untergegangen und die kühle der Nacht umgab die Fünf, als sie den Weg betraten. Der Ruf eines Käuzchens, schallte durch die Stille der Nacht. Unter sternenklarem Himmel traten sie ihren Weg an. Das Knirschen der Steine, unter den Schuhen, begleitete die Gruppe, während ihrer Nachtwanderung. Nachdem sie ein Stück gelaufen waren, kamen sie an einen kleinen Pfad, welcher links vom Weg abging und sich durch die Büsche schlug. „Hier entlang." wies Karl die anderen an und bog in den zugewachsenen Weg ein. Das hohe Gras streifte seine Schuhe und die ersten Zweige, kleiner Sträucher, peitschten sanft gegen die Beine, der ihm folgenden. Langsam tauchten sie ein, in die dichte Vegetation, welche sich zwischen dem Fluss und dem Weg angesiedelt hatte. Nun kamen sie auch dem Fluss wieder näher. Ein paar Meter entfernt, irgendwo hinter den Büschen, bahnte er sich seinen Weg, durch das von ihm zerschnittene Tal. Sein sanftes Plätschern begleitete die Gruppe wieder auf ihrem Weg. Das Wasser floss langsam, um die am anderen Ufer endende, flache Bergkette. In nicht all zu weiter Ferne, am Horizont zu ihrer rechten Seite, waren bereits, zwischen den Blättern, welche ab und zu den Blick freigaben, die Umrisse der Stadt zu erkennen.

Verschwommene, dunkelgraue, ineinander geschobene Würfel, bildeten ein wirres auf und ab, beleuchtet von hunderten, vereinzelten Lichtern. Ein stilles, tiefes Summen war zu hören, um so näher sie der alten Kanalisation kamen. Der Weg machte nun einen kleinen, sanften Bogen nach rechts und führte um einen kleinen Hügel herum. „Wir sind da." unterbricht Karl das Schweigen. „Hinter dem Hügel befindet sich der Eingang in die Kanalisation." Er sieht auf seine Uhr und dann kurz nach hinten, zu den anderen. Plötzlich bleibt er stehen. „Hier müssen wir rein." sagt er leiser „Habt ihr eure Lampen zur Hand?" Er steht vor einem halb rundem Bogen, gemauert aus dunklen, gelben Ziegelsteinen. Im Licht der

Taschenlampen schien es, als würden die Steine schwarze Auswüchse bekommen haben. Der äußere Rand des Bogens war zum Teil mit Moos und Gras bewachsen, welches sich an den teils brüchigen Steinen fest krallte. Karl befahl den anderen, mit einem Handwink, ihm zu folgen. Er lief auf eine alte, zugewachsene Steintreppe zu. Sie führte etwa zwei Meter nach unten, auf einen Absatz. Dieser ruhte auf einem gemauertem Boden. In der Mitte des Bodens, floss ein schmales Bächlein aus dem inneren des Tunnels heraus und mündete weiter vorn in den Fluss. Die anderen stiegen hinter Karl die Treppe hinab und folgten ihm ins innere der Kanalisation. Sie liefen am Rande der etwa drei Meter hohen und sieben Meter breiten Röhre. Neben ihnen gurgelte der kleine Bach mit hellem, leisem Hall, ihnen entgegen. Um so tiefer sie in die Kanalisation hinein gingen, um so mehr umgab sie eine tiefe Finsternis. Die äußere, hellere Nacht schwand, mit jedem Schritt, mehr und mehr aus ihrem Sichtfeld. Nur die Lichtkegel, ihrer Lampen, durchschnitten die Dunkelheit. Mit knirschenden Schritten, bewegten sie sich zügig vorwärts. Die festen Tritte mischten sich mit dem leisem, hallendem Plätschern des Baches und dem nun deutlicher zu hörendem Summen der Stadt. Hin und wieder mischten sich Flächen mit roten Ziegeln unter die gelben. An manchen Stellen waren schon Teile des Mauerwerks ausgebrochen und feine Wurzeln bohrten sich in die Dunkelheit. In weiterer Entfernung, war das leise, hallende Fiepen mehrerer Ratten zu hören. „ Ein eigenartiger Ort." meint Suu leise zu Take, während sie so laufen. „Hast du etwa Angst bekommen?" fragt Take. „Nein." antwortet Suu „Es wirkt eben irgendwie eigenartig." „Vielleicht ist dir der Wechsel, von der Natur, in die Stadt, gerade etwas fremd." „Stimmt." antwortet Suu ein wenig traurig und doch fasziniert. „Vielleicht ist es das.... Wahrscheinlich ist es das." Sie unterliefen den ersten Gully. Allem Anschein nach, lag er noch außerhalb der Stadt, denn Karl stoppte noch nicht. Es konnte nicht mehr weit sein, denn das Lager von Cybertech lag am Stadtrand. Nachdem sie ein weiteres Stück gelaufen waren, unterliefen sie einen zweiten Gully. Ein wenig blasses Licht drang, von oben, in die Dunkelheit ein. Karl stoppte noch nicht. Sie liefen weiter. Etwas weiter vorn, strömte ein etwas hellerer Schein in die Dunkelheit der Kanalisation. „Da vorn ist es." sagt Karl, mit leiser Stimme, zu den anderen. Er hielt an und wand sich zu seinen Freunden um. „Ok." sagt er leise. „Wir sind da. Ich will nachsehen, ob die Luft rein ist. Wer bleibt hier unten und nimmt die Taschen entgegen?" Sein Blick geht in die Runde. „Ich würde hier unten bleiben." meldet sich Antonio freiwillig „Ihr wisst eh besser, was wir brauchen." „Gut." sagt Karl „Wir haben es jetzt viertel eins. Wenn die Roboter schon fertig sind und wieder am

Eingang der Halle stehen, mach ich den Gullydeckel auf und geh hoch. Dann könnt ihr nach kommen. Ich würde aufpassen, ob uns jemand bemerkt und in die Halle kommt. Wladislaw, Take und Suu ihr wisst, was wir brauchen?" Take nickte. Karl nahm seinen Rucksack einseitig ab, zog ein zusammengelegtes Seil heraus und legte es sich über die Schulter. Dann setzte er ihn wieder auf. „Ok, dann los." meint er „Ich geh jetzt nachsehen." Er lief zum Aufstieg. Der Aufstieg bestand aus rostigen, runden Stahlstangen, welche an den Enden abgewinkelt und in das Mauerwerk eingelassen waren. Stufe für Stufe, stieg Karl, im Schacht, empor. Am Deckel des Gully angekommen, hängte er sich mit einem Arm, in eine der

Stufen, ein, holte mit der anderen Hand ein kleines Periskop aus seiner Hosentasche und schob es durch eines der Löcher im Gullydeckel. So konnte er die ganze Halle beobachten. „Wartet noch." ruft Karl leise, zu den anderen, den Schacht hinunter. „Die Roboter sind noch nicht fertig." Karl zog das Fernrohr wieder zurück und lehnte sich mit dem Rücken gegen die Schachtwand. Er schaute, zwischen den Beinen hindurch, nach unten, zu Wladislaw, welcher schon ungeduldig die erste Stufe erklommen hatte. Wladislaw setzte wieder zurück. „Sie sind noch nicht durch. Wir haben noch ein paar Minuten Zeit." flüstert Karl und starrt wieder, wartend, auf die Schachtwand. Von oben, war ein helles Summen zu hören. Die Maschinen fuhren, auf ihrer Kontrollfahrt, am Schachtdeckel vorbei. Plötzlich, ein kratzendes Geräusch, dann schepperte es kurz. Karl zuckte zusammen. Dann sah er nach unten und zeigte den anderen mit einem Fingerzeig an, dass die Roboter sich direkt über ihnen befanden. Ungeduldig und etwas nervös, schaute er auf sein Periskop und schlug damit leicht auf die linke Hand. Die summenden Motorengeräusche wurden langsam leiser. Karl schob das Fernrohr wieder durch eines der Löcher. Er schaute hindurch, drehte es etwas nach links und dann wieder nach rechts. Nach einem kurzen zögern zog er es wieder heraus. „Ok." sagt er, zu den anderen nach unten. „Ich glaube wir können es wagen. Sie dürften jetzt weiter vorn sein. Vielleicht fahren sie gleich zum Eingangstor." Karl steckte das Fernrohr in die Hosentasche, zog sich mit den Armen wieder an die Stufen heran und begann sich gegen den Gullydeckel zu stemmen.

Mit einem leisen Kratzen, drückte es den Deckel aus der Führung. Langsam schob er sich zur Seite und blieb neben der Schacht-öffnung liegen. Karl stieg die Stufen empor und legt das Seil, welches er auf seiner Schulter trug, an den Rand der Öffnung. Langsam und umher schauend, kletterte er aus dem Schachtloch in die Lagerhalle. Hinter den Regalen, weiter vorn am Eingang zur Halle, war noch das Summen der Roboter zu hören, bis sie an ihrem Ausgangspunkt waren und dann zum Stillstand kamen. Auf dem Boden hockend, schaut Karl in den Schacht und ruft leise nach den anderen. „Die Luft ist rein. Ich denke wir können es wagen." Karl schaute sich um. Der Kanaldeckel befand sich in der hinteren Ecke der Halle. Ein gut sechs Meter entfernter und etwa drei Meter breiter Absatz, an der rechten Wand, versperrte den Blick zum Eingangstor. Karl stand auf und lief langsam, nach dem Eingang schauend, zu den ersten Regalen. Sie standen am Absatz und gaben den Blick frei, zur Eingangstür. Als nächster stieg Wladislaw aus dem Schacht, danach Suu, dann Take. Karl schaute sich um, zu den anderen, und nickte ihnen zu. „Ich durchsuche mit Suu die hinteren

Regale." sagt Take leise zu Wladislaw „Nehmt ihr die vorderen?" Wladislaw verzieht, etwas, die Mundwinkel und schaukelt mit dem Kopf. „Ja, ok."antwortet er. Take musste schmunzeln. Dann lief Wladislaw rüber zu Karl. Take und Suu liefen in die Regalreihen, links vom Schacht. Sie begannen die Regale zu durchsuchen. Take kletterte am ersten Regal ein Stück empor, um zu sehen, was sich darin befand. Während sie sich, mit einer Hand, am Regal fest hielt, zog sie, mit der anderen, eine Verpackung nach der anderen, aus den geordneten und gestapelten Reihen. Suu übernimmt die unteren Fächer. „Am besten wir nehmen die hinteren Päckchen, dann sieht man nicht gleich, dass etwas fehlt." meint Take zu Suu, während sie die ersten kleinen Kartons, mit Elektronikteilen und Sensoren, im vorderen Bereich des Regals aufstapelte. „Ich hab hier kleine Servomotoren gefunden. Wollen wir die auch mitnehmen?" fragt Suu „Schaden kann es nicht." meint Take und schaut sich, nach Suu, um. „Vielleicht zwei oder drei. Wenn sie nicht zu groß sind, auch ein paar mehr. Kannst du mir eben das Zeug abnehmen. Ich hab nur eine Hand frei." Suu legte die Motoren auf den Boden und fing die Kartons auf, welche Take ihr zu warf. Dann kletterte Take am Regal weiter, zu den daneben liegenden Fächern. Suu begann, während dessen, ihren Rucksack mit den Servomotoren und den kleinen Schachteln mit Elektronik zu füllen.

Wladislaw hatte indessen mit Karl begonnen, die Regale, welche längs zur Halle standen, zu begutachten. Karl musste immer wieder nach dem etwa dreißig Meter entferntem Eingangstor schauen, an welchem die Roboter standen. „Ich glaube die sind echt nur da, um Bestände zu erfassen." meint er zu Wladislaw, der gerade dabei war, ein paar Kisten mit Schrauben in seinen Rucksack zu packen. „Soll mir recht sein." meint er. „Dann stört wenigstens niemand." Wladislaw schob die restlichen Packungen mit Schrauben wieder so zu recht, dass es von vorn so aus sah, als ob nichts weg genommen wurden ist. Karl zog eine Kiste aus dem mittlerem Regal. „Heh, fünfer Packungen Lüftungsräder. Auch nicht schlecht." Wladislaw dreht sich, interessiert, um „Sind die aus Kunststoff?" fragt er „Nein Aluminium." antwortet Karl „Hier sind auch noch welche, aus Titan." „Die aus Aluminium sind gut. Die können wir notfalls auch abändern." meint Wladislaw „Ich hab hier genug Schrauben und Muttern gefunden. Wohl mehr als wir brauchen. Ich schau noch auf die andere Seite. Mal sehen, was da noch zu holen ist." Wladislaw erhob sich und schleppte seinen halb gefüllten Rucksack, auf die andere Seite der Regalreihe. Karl hingegen verstaute mehrere Packungen der Aluminium-Lüftungsräder in seinem Rucksack. Hinzu kamen noch ein paar lange Maschinenschrauben und mehrere Packungen kleiner Winkel.

Suu hatte indessen ihren Rucksack, bis zum Rand gefüllt. „Heh, Take. Dieser Rucksack ist voll. Ich schaff ihn schnell zu Antonio. Kommst du hier erstmal alleine klar?" „Ja, ja." antwortet Take „Wirst ja sicher nicht so lange brauchen. Ich suche in der Zeit weiter." Suu schnappte ihren Rucksack und lief zur Schachtöffnung. Sie setzte den Rucksack ab, hockte sich hin und griff nach dem Seil, welches Karl an der Gullyöffnung liegen gelassen hatte. Das eine Ende band sie an den Henkel ihres Rucksacks. „Seit ihr schon fertig?" hallt es von unten aus dem Schacht. „Nein, noch nicht." antwortet Suu, in den Schacht hinein, zu Antonio, welcher schon ungeduldig wartete. „Das ist nur die erste Lieferung. Bindest du

deinen Rucksack wieder dran?"
Sie lässt die Tasche, am Seil,
hinunter, zu Antonio. „Ok." meint
er „Hab sie." Suu wartete einen
Moment. Antonio löste den vollen
Rucksack vom Seil und stellte ihn
an die Wand, am Rand der
Kanalisation. Dann setzte er
seinen leeren Rucksack ab und
band ihn lose an das Seil. Suu
zog die leere Tasche wieder
hoch, löste sie vom Seil und ging
wieder los, zu Take. „Bis gleich."
ruft sie noch in den Schacht,
bevor sie zu den Regalen lief, in
denen Take, noch eifrig, die
verschiedenen Schachteln mit
Bauteilen zusammensuchte.
Wladislaw hatte inzwischen die
andere Seite der Regale durch
gesehen. Da kam Karl um die
Ecke. „He, Wladislaw. Ich glaube
wir sollten uns beeilen. Hast du

hier noch was gefunden?" „Ja. Ein paar kleinere Kunststoffrohre, Formteile und Schläuche. Weiß auch nicht so recht, was ich mitnehmen will. Am liebsten würde ich alles in unsere Werkstatt mit nehmen." Karl muss kurz lachen. „Mann, dass kriegen wir nie weg." „Ich weiß." antwortet Wladislaw „Ich nehme nur ein paar Rohre und Schläuche. Die sind nicht so schwer. Die Schrauben sind schon schwer genug." Er greift wieder in die Regale und holt eine Kiste heraus. „Das sind drei Meter. Davon nehme ich zwei." sagt er grinsend. „Kriegst du noch die Packungen mit den zwanzig Millimeter Rohren und ein paar von den fünfziger Rohren unter. Ich hab kaum noch platz." „Welche den?" fragt Karl und späht durch die Regale, vor denen sie stehen. „Na die da...und die, da drüben." Wladislaw zeigte ihm den Platz im Regal mit dem Finger, dann verstaute er die Schläuche im Rucksack. Karl griff sich die Rohre und verstaute sie in seinem Rucksack. „Hast du alles?" fragt Wladislaw, mit gepackten Taschen, neben Karl stehend. „Ja." antwortet er „Passt gerade so rein. Lass uns das Zeug weg bringen." Wladislaw grinst und schlägt Karl freundschaftlich auf die Schulter. Dann gingen sie wieder zurück zur Schachtöffnung.

Take hatte schon mehrere kleine Haufen zusammengetragen, als Suu mit der leeren Tasche ankam. „Wie sieht es aus?" fragt Suu und hockt sich an den ersten, kleinen, wilden Haufen, aus kleinen Getrieben, Kabelbündeln und noch einigen Schachteln mit Klein-generatoren und Sensoren. „Naja." meint Take. „Eigentlich ist hier nichts weiter, brauchbares, da. Ich denke wir packen alles ein und verschwinden." Sie schaut noch einmal durch die unteren Regale. Dann hockte sie sich an einen der Häufchen und fing an, alles, gemeinsam mit Suu, in die beiden Rucksäcke zu packen. Suu war als erste fertig. „Ich geh schon rüber. Kriegst du alles bei dir unter?" „Ich denke schon." meint Take „Ich komme auch gleich." Suu ging wieder los zum Schacht. Als sie zwischen den Regalen hervor trat, sah sie schon Karl und Wladislaw, wie sie die erste Tasche in die Kanalisation hinab ließen. Als Karl sie kommen sah, lies er von Wladislaw ab. „Und, habt ihr viel?" fragt er, während er ein paar Schritte auf Suu zu ging, um ihr die Tasche ab zu nehmen. „Wo ist Take?" „Kommt gleich." antwortet Suu „Ich hab schon eine Tasche runter gelassen. Das ist die zweite. Take hat auch noch eine." „Gut. Ich schau noch mal, ob wir was liegen lassen haben oder ob uns jemand bemerkt hat. Ich komm dann nach euch, als letzter, runter und mach den Gully wieder zu. In diesem Moment kam Take, flotten Schrittes, zwischen den Regalen hervor. Wladislaw war schon dabei, die zweite Tasche hinab zu lassen. Suu nahm Take die Tasche ab, während Karl wieder Ausschau hielt, nach dem Eingangstor. Suu stellte die Tasche neben

Wladislaw. Der hatte das Seil schon wieder hoch gezogen und begann nun die Tasche von Take fest zu machen, um sie dann geschwind nach unten, zu Antonio, hinab zu lassen. Nachdem er das Seil wieder hoch gezogen hatte und die letzte Tasche angebunden hatte, lies er diese auch hinab. „Das ist die letzte." ruft er, zu Antonio nach unten „Achtung! Das Seil!" Er lies das Seil hinterher fallen. „Los lasst uns abhauen." Mit einem leisem Pfiff, rief er nach Karl, der noch immer an den Regalen stand und nach dem Eingang Ausschau hielt. Wladislaw stieg hinab. Hinterher stiegen Take und dann Suu. Karl kam als letzter. Er stieg die ersten Stufen hinab, dann zog er den Deckel, des Schachtes, wieder über die

Öffnung. Mit einem dumpfem Klacken, glitt er in die vorgesehene Nut und schloss die Öffnung zur Kanalisation. Karl stieg hinab. Dann sah er auf seine Uhr. „Drei. Gutes Timing." meint er „Lasst uns verschwinden, bevor es hell wird." Jeder schnappte sich eine Tasche. Karl wickelte noch das Seil zusammen und band es auf seinen Rucksack, dann liefen sie zurück, durch die Kanalisation. Es war noch dunkel, als die fünf aus der Kanalisation heraus traten. Sie stiegen die alte Steintreppe hinauf, zu dem Weg, auf dem sie gekommen waren. „Die frische Luft tut gut." meint Suu, zu den anderen. „Schön wieder im Wald zu sein." „Stimmt." meint Antonio „Ich werde langsam müde. Wollen wir weiter?" Die anderen nickten zustimmend. Sie liefen los. Zwischen Sträuchern und Büschen hindurch, am Fluss, hinter dem Dickicht, vorbei, bis zu dem großen Weg, welcher zu der Höhle führte, in der sie zur Ruhe kommen wollten und den Tag über etwas Schlafen. Nach einem kurzem Marsch auf dem großem Weg, kamen sie am Eingang zur Höhle an. Am Horizont hinter der Stadt, wurde der Himmel schon, durch die Morgendämmerung, erhellt. Sie griffen wieder nach ihren Lampen, durchschritten den kurzen Eingangstunnel, stellten ihre Taschen ab und legten sich zur Ruhe. „Eine gute Nacht, wünsche ich euch." sagt Wladislaw, bevor er erschöpft einschlief. Auch die anderen fielen schnell in den Schlaf, bevor die ersten Sonnenstrahlen den Tag brachten.

SEIN ODER NICHT SEIN

Am späten Nachmittag, schlug Take, als erste, die Augen auf. Sie lag auf ihrem Lager, aus Ästen und Laub, betrachtete die Felswände und dachte nach. Langsam wand sie den Kopf zur Seite. Die vollen Rucksäcke standen in der Mitte des Raumes, angelehnt an die Steinplatte, welche vor wenigen Stunden noch als Tisch genutzt wurde. Sie rollte sich auf die Seite und setzte sich aufrecht hin. Die Arme um die Knie geschlungen, saß sie, zusammengekauert, auf ihrer Decke und starrte vor sich hin. Dann schaute sie sich nach den anderen um. Wladislaw schnarchte leise, auf dem Rücken liegend. Auch Suu, die neben ihr schlief, war noch nicht erwacht.

Karl und Antonio lagen, ihr direkt gegenüber, noch im Tiefschlaf. Sie stand auf, reckte sich und schritt langsam zur Raummitte. Auf dem Tisch, stand noch die Batterielampe von Wladislaw. Daneben das Brot, Käse und die Kaffeetassen. Take hockte sich hin, schaltete die Lampe ein und begann, sich ein Brot zu machen. Sie schnitt sich eine Scheibe von dem Brot ab und belegte es mit etwas Käse. „Guten Morgen." vernimmt sie plötzlich in ihrem Rücken. Suu war erwacht und beobachtete Take beim Essen. „Guten Morgen?" fragt Take „Wir haben späten Nachmittag. Hast du gut geschlafen?" „ Schon." meint Suu „Es ist nicht so bequem, wie zu Hause aber es geht." Sie richtete sich auf und saß nun, sich mit den Armen abstützend, auf ihrem Naturbett. „Bist du schon lange wach?" fragt sie, während sie aufsteht. „ Noch nicht lange." antwortet Take, zutscht an ihren Zähnen und beißt wieder in ihr Käsebrot. „Ich bin von Wladislaw's Schnarchen wach geworden und dachte mir, ich steh einfach auf." spricht sie weiter, mit vollem Mund. Suu kam an die Felsplatte und setzte sich neben Take. „Gibt es noch irgendwo Kaffee?" „Eigentlich müssten noch zwei Flaschen da sein." meint Take und schaut sich um. „ Zumindest, waren noch zwei Flaschen für heute da. Da drüben." meint sie und weißt mit dem Finger, auf die andere Seite der Steinplatte. „Sie liegen neben der Platte." Suu stand wieder auf, stützte sich mit einer Hand, ächzend, auf, langte über den

Stein und ergriff eine der beiden letzten Flaschen. Dann setzte sie sich wieder. Sie goss etwas von dem Kaffee, in eine Tasse und nahm einen kleinen Schluck davon. Sie verzog das Gesicht. „ Uäeh. Kalter Kaffee. Ich liebe Camping." Take musste lachen. Suu nahm das Brot und schnitt sich eine Scheibe ab. „Das keine Mäuse am Brot waren, das wundert mich." meint sie, belegte das Brot mit etwas Käse und biss hinein. Mit einem aufgrunzen, erwachte Wladislaw aus seinem Tiefschlaf. Er drehte sich auf die Seite und sah zu den beiden Frauen. Ächzend erhob er sich und stützte sich, verschlafen, auf einen Arm. „Ah. Auch schon wach." entgegnet ihm Take. „Wie spät ist es den?" „Keine Ahnung." antwortet Take „Es wird wohl

Nachmittag sein. Vielleicht auch Abend." Wladislaw räuspert sich und schaut nach Karl und Antonio. „Die haben wohl auch keine Lust auf zu stehen?" Er stand langsam auf, um sich mit an den Tisch zu setzen. Träge schlurfte er in die Raummitte und setzte sich. „Habt ihr schon nachgesehen, was wir alles gegriffen haben?" fragt er, noch etwas verschlafen. „Nein." antwortet Take „Wir sind auch noch nicht lange wach. Bleche haben wir zumindest keine. Vielleicht sollten wir noch mal los." In diesem Moment regte es sich aus der Ecke, in welcher Karl und Antonio schliefen. Karl war erwacht und dabei, sich seine Schuhe an zu ziehen. Auch Antonio wälzte sich, noch etwas verschlafen, von seinem Lager.

„Oh." sagt Wladislaw, mit einem Grinsen, zu den beiden. „Gutes Timing. Wir überlegen gerade, ob wir noch mal in die Stadt müssen." Karl kam recht ausgeschlafen an den Tisch. Antonio hingegen, schien noch zu schlafen und tat sich etwas schwer, die Situation zu erfassen. Die beiden setzten sich. Während Antonio träge nach einer leeren Kaffeetasse und dem Kaffee griff, stieg Karl gleich in das Gespräch ein. „Ihr wollt noch mal in die Stadt?" fragt Karl noch einmal nach und griff ebenfalls nach dem Kaffee. „ Take meinte, wir haben noch keine Bleche. Die brauchen wir aber. Da hab ich auch nicht dran gedacht. Es waren aber sowieso keine in dem Lager."
„Der ist ja kalt." sind die ersten leisen Worte Antonio's, welcher

sich gerade den ersten Schluck, vom kaltem Kaffee, einverleibt hatte. Mit einem Grinsen, meint Suu: „Das hatte ich auch schon festgestellt." „Ein schöner Morgen." spricht er in die Tasse. Dann wand er sich von seinem Trinkgefäß ab und den anderen zu. Karl hob wieder an, zu sprechen. „Noch mal in die Stadt zu gehen, ist riskant. Wir wissen nicht, ob jemand was mit bekommen hat. Was haben wir den alles?" „Mal sehen." sagt Take und beginnt den ersten Rucksack zu öffnen. Er stand direkt neben ihr. Sie klappte den Deckel auf und griff nach dem Inhalt des Rucksacks. „Also hier haben wir... zwei Pakete Schläuche, dann Schrauben und Muttern. Nicht schlecht das Zeug." „Das ist der von mir."

meint Wladislaw „In dem von Karl, müssten noch dünne Rohre sein." „Und Aluminium- Lüftungsräder und Winkel." wirft Karl freudig ein. Take legte alles, sorgfältig geordnet, wie sie es aus der Werkstatt kannte, neben die Steinplatte und den leeren Rucksack daneben. Sie griff den nächsten Rucksack, aus welchem ein paar Rohre heraus ragten. „Das ist dann wohl deiner, Karl?" fragt sie. „Ja." antwortet Karl. Take packte auch diesen aus und legte den Inhalt neben die anderen Teile. „Take und ich hatten diverse Elektronikteile mitgenommen und noch ein paar Servomotoren." wirft Suu ein, während Take bereits den nächsten Rucksack schnappt und öffnet. Neben verschiedenen Schachteln mit Sensoren, holte sie noch diverse Bünde mit Kabelstücken, fünf Kleingeneratoren, sowie die besagten Servomotoren und verschiedene Elektronikteile aus den Rucksäcken, welche die beiden Frauen gefüllt hatten.

„Sieht ja erstmal nicht so schlecht aus." meint Take, als sie den letzten Rucksack geleert hatte. „Damit können wir einiges anfangen. Aber mit den Blechen ... Das muss irgendwie noch möglich sein. Wir haben echt kaum was in der Werkstatt, was wir für die Stromversorgung verwenden könnten. Ich will die größeren Teile nicht zerschneiden. Die brauchen wir, um die erwärmte Luft, von den Generatoren, in das Lüftungssystem einzuspeisen. Ich denke wir sollten es riskieren, noch mal in die Stadt zu gehen und irgendwo noch ein paar Bleche abschrauben. Vielleicht von Verkleidungen, welche nicht so leicht ein zu sehen sind. Ich weiß auch nicht von wo." Sie runzelte die Stirn und schien darüber nach zu denken. Wladislaw erhob sich, lief ein Stück um die Steinplatte und betrachtete die Beute. „Wenn wir noch mal losgehen, wo verstauen wir das ganze Zeug?" fragend schaut er erst zu Take, dann zu Karl und Antonio. „Ich sehe auch, dass wir die Bleche noch brauchen, um die Energieversorgung zu erweitern. Was meinst du, Karl? Wo bekommen wir die Teile her?" Karl zuckt mit den Schultern und runzelt die Stirn. „Was ich sehe ist, dass in dem Lager nichts zu holen war, was wir anstelle der Bleche nehmen könnten. Wenn wir die Bleche brauchen, müssen wir noch mal in die Stadt. Das Problem ist, wir müssten etwas suchen. Ich weiß wirklich nicht, wann und ob, Nachts, in den Straßen, die Ordnungshüter patrouillieren. Es ist also riskant. Es bleiben nur zwei Möglichkeiten. Die erste, wir gehen wieder durch die Kanalisation und suchen uns irgend einen Gullydeckel, durch den wir, irgendwo, in der Stadt raus kommen. Die zweite Möglichkeit währe, wir gehen den großen Weg weiter bis in die Stadt und machen den Versuch und schleichen uns ein, ohne dass uns jemand erwischt. Das Risiko besteht aber dabei darin, dass wir eventuell doch gesehen werden und damit klar ist, von wo wir kommen. Ich währe mehr für die erste Variante. Es besteht zwar das Risiko, gesehen zu werden, wenn wir den Gully öffnen und heraus klettern, aber wenn der Deckel zu ist, kann niemand mehr nach vollziehen, von wo wir gekommen sind und wir haben mit großer Wahrscheinlichkeit, einen freien Weg aus der Stadt heraus, wenn wir den Weg in den Wald, als Rückweg, wählen. Ich denke, dass währe am besten." Die anderen nickten nachdenklich und starrten vor sich hin. „Hmm." beginnt Take, nach einer Weile. „Klingt plausibel. Wir waren schon mal an der Stadtgrenze. Da sind nur noch vereinzelte Baumgruppen. Der Rest ist mit flachen Sträuchern bewachsen. Man würde uns sehen, bevor wir die Stadt erreichen. Das geringere Risiko besteht schon darin, durch die Kanalisation zu gehen. Ich denke wir sollten das Zeug, was wir schon haben, so in den Rucksäcken verstauen, dass wir einen oder zwei leere Rucksäcke mit nehmen können. Das müsste reichen. Wir brauchen eigentlich nicht viele Bleche. Zum demontieren, werden wohl ein paar Schraubendreher reichen. Ich habe auch noch einen kleinen, mit Batterien betriebenen, Schraubendreher. Der währe hilfreich." „Klingt gut." meint Wladislaw. „Also noch ein kleines Abenteuer. Wollen wir hoffen, dass keine Ordnungshüter rumlaufen." „Also sind wir uns einig? Wir gehen durch die Kanalisation in die Stadt und auf dem Waldweg wieder hinaus?" Alle nickten zustimmend. „Ok." sagt Take „Packen wir alles. Vielleicht sollten wir hier nicht noch einmal schlafen, sondern auf dem Rückweg nur die Taschen holen und direkt weiter laufen, bis morgen früh. Dann sind wir erstmal ein Stück, von der Stadt, entfernt. Ich will hier nicht überrascht werden." „Halte ich auch für das Beste." wirft, der inzwischen hell wache, Antonio ein. „Ich will auch nicht überrascht werden. Vielleicht sollten wir sogar bis nach Hause laufen und nur kurze Pausen machen. Hier sollte auch alles so sein, dass nicht gleich zu erkennen ist, dass hier jemand genächtigt hat." Den Ausführungen, von Antonio und Take, stimmten alle zu. Wladislaw setzte sich zunächst wieder, um sich noch ein Brot zu machen. Take begann sogleich den ersten Rucksack, mit den etwas kleineren Schachteln zu füllen. Auch Suu machte sich daran, die Schachteln und Kabelbündel zu sortieren und platzsparend zu verstauen. Antonio genoss noch eine Tasse, von dem kaltem Kaffee. Karl begab sich zu seinem Schlafplatz, um seinen Schlafsack zusammenzuräumen. Die Schlafstelle brachte er etwas durcheinander, um ein natürliches Aussehen zu erzeugen, welches dem Schlafplatz irgendeines Tieres ähneln sollte. Wladislaw sieht Karl dabei zu. „Sehr Professionell, wie du das hin bekommst, Karl." sagt er zu ihm und beißt grinsend in sein Käsebrot. „Da wär ich ja gern ein Bär." „Halt die Klappe." antwortet

Karl leicht genervt. Er schnappt seinen eingerollten Schlafsack, kommt wieder zurück, zu der Felsplatte und setzt sich. „Wieviel bekommt ihr in einen Rucksack hinein?" fragt er Take und Suu, die noch beim Einräumen der Schachteln und Päckchen waren. „Ich denke einen Rucksack werden wir wohl übrig haben. Einer wird zum Teil mit Kabeln gefüllt sein und die anderen drei, sind bis zum Rand voll. Vielleicht reicht ein leerer. Ansonsten müssen wir noch den halb gefüllten mitnehmen. Das wird aber auch gehen." „Das ist doch ausreichend." meint Karl „Das denke ich auch." sagt Take „All zu viele Bleche brauchen wir nicht und etwas Bewegungsfreiheit, wird nicht das schlechteste sein." „ Wie wollen wir, in der Stadt, vorgehen?" fragt Antonio „Wir wissen nicht, wo wir etwas finden können." „Ich denke, zwei bauen die Teile ab..." meint Karl „ ...und die anderen halten Ausschau, nach den Ordnungshütern. Ansonsten werden wir wohl sehen, ob es eine geeignete Stelle gibt, wo wir ein paar Bleche demontieren können." „Ich mache noch ein paar Brote, für zwischendurch, wenn wir wieder auf dem Rückweg sind. Die können wir auch während wir laufen Essen." sagt Suu und setzte sich mit an die Steinplatte, um Brot zu schneiden. „Dann werde wir wohl auch mal zusammenräumen." meint Wladislaw zu Antonio. „Die Schlafsäcke lassen wir auch hier. Die können wir dann auf die gepackten Rucksäcke binden.

Oder?" fragt Wladislaw in die Runde. „Ja, schon." antwortet Take „Die Bleche nehmen nicht viel Platz weg. Schwer sind sie auch nicht. Vielleicht können auch mehrere Schlafsäcke, auf die Rucksäcke mit den Blechen. Dann sind die voll gepackten nicht so schwer." Antonio und Wladislaw standen auf und begaben sich an ihr Schlaflager. Sie packten alles sorgfältig zusammen und brachten es, zum Eingang der Höhle. Dann holten sie noch die gepackten Rucksäcke, mit den Ersatzteilen und stellten sie zu den Schlafsäcken. Auch Take und Suu, räumten ihr Gepäck zu dem kleinem Haufen, aus Rucksäcken und Schlafsäcken. „Wollen wir dann gleich los?" fragt Take, als sie, mit dem aufräumen, fertig war. „Ein bisschen Zeit haben wir noch, denke ich." antwortet Karl. „Ich weiß auch nicht, wann ein guter Zeitpunkt währe, um in die Stadt zu gehen. Wahrscheinlich wird um Mitternacht ausreichend sein. Dann müssten die Straßen leer sein." „Ich geh schon mal nach draußen." meint Take und schnappt sich den leeren Rucksack. „Ich brauch etwas frische Luft. Hier ist eh schon alles zusammengeräumt." „Ich komme mit." schließt sich Suu an und folgt Take. Die drei Männer stehen alleine in der Höhle. „Lass uns alles noch ein bisschen mehr durcheinander bringen und schauen, ob wir etwas vergessen haben." sagt Karl. Wladislaw und Antonio stimmten zu. Die drei suchten die Höhle noch einmal gründlich, mit ihren Lampen, ab.

Verteilten, hier und da, das Laub und die Äste, der Schlafgelegenheiten, im Raum und räumten ein paar Lebensmittel-abfälle zusammen. Karl nahm den halb leeren Rucksack, mit den Kabelstücken, dann gingen auch die Männer nach draußen, zu Take und Suu. Wladislaw vergrub, hinter der Höhle, die Lebensmittelabfälle, unter einem Strauch. Karl und Antonio blieben bei Take und Suu. „Wir sollten wirklich aufpassen." meint Take „Irgendwie habe ich ein ungutes Gefühl. Ich muss wieder an Richard denken." „Richard war aber alleine." meint Karl darauf „Wir stehen etwas besser da. Richard wurde erwischt, weil niemand auf ihn aufgepasst hat." „Ich weiß." sagt Take „Ob sie ihm

Chips angesetzt haben?" „Weiß auch nicht." antwortet Karl „Keine Ahnung, was mit Aufsässigen und Einbrechern gemacht wird. Er ist zumindest nicht zurück gekommen. Vielleicht ist er auch wo anders hin gewandert oder er lebt gar nicht mehr." Take überlegt einen Moment. „Das er wo anders hin gegangen ist, glaube ich nicht. So schätze ich ihn nicht ein. Er würde nicht einfach alles stehen und liegen lassen und verschwinden. Wahrscheinlich währe eine Verdrahtung auch nicht anders, als Sterben." entgegnet sie nachdenklich. „Was bleibt einem den, wenn man unter ständiger Kontrolle, der anderen, steht. Vielleicht betrachte ich das Leben, bei den Kollektivierten, falsch und es ist keine permanente Kontrolle, sondern eine Gemeinschaft, wie wir sie haben. Ich weiß auch nicht, was ich davon halten soll." „Da kann ich dir auch nicht weiter helfen." entgegnet Karl „Wenn du es wirklich wissen willst, wirst du dir die Chips ansetzen lassen müssen. Ich will jedenfalls nicht mehr wissen, was der Vorteil, am technisiertem Kollektiv, ist und wie man dann lebt. Ist mir zu gruselig." „Das will ich auch nicht, wirklich, wissen." entgegnet sie. Während sie redeten, kam Wladislaw zwischen den Sträuchern hervor. Er hatte die Reste der Lebensmittel vergraben und rieb sich nun die Hände an seiner Hose sauber. „Was ist zu gruselig?" fragt er in die Runde. „Das Leben bei den Kollektivierten und die damit verbundene Verdrahtung und Integration. Es ging um Richard und warum er nicht zurück gekommen ist." „Oh, Richard." spricht er mit ernster Mine. „Rebecca hat auch immer wieder ihre Probleme damit. Wollen wir hoffen das uns niemand sieht oder erwischt. Wollen wir los?" „Warum nicht." antwortet Karl. Er schaut kurz auf seine Uhr. „Es ist elf durch. Lasst uns los gehen." Die fünf betraten, von der klaren Kühle der Nacht umgeben, den breiten Weg. Wieder liefen sie auf dem steinigem Pfad. Sie liefen bis zu der Abzweigung, welche zur Kanalisation führte, dann zwischen den Gräsern, Büschen und Sträuchern hindurch, am Fluss entlang, bis zum Eingang zur Kanalisation. Sie stiegen die alten Stufen, aus gemauerten

Steinen, hinab und betraten, wiederum, das Abwassersystem, in dem sie, die Nacht zuvor, bereits gewesen sind. Die kühle, klare Nacht verschwand hinter ihnen und der modrige Geruch der Kanalisation umgab sie. Diesmal würden sie weiter hinein laufen. Tiefer in die Finsternis hinein, über der die Stadt, der Kollektivierten, ruhte. Sie unterwanderten mehrere, nach oben führende, Schächte. Hin und wieder schmatzte der Schlamm, unter ihren Schuhen. Ihre Lampen, leuchteten, den halb runden Tunnel, nur auf wenige Meter aus. Plötzlich, blieb Karl stehen. „Wartet!" befahl er den anderen, mit leiser aber bestimmter Stimme. Sie standen unter einem Schacht. Spärliches Licht drang, durch ein paar

Öffnungen im Gullydeckel, zu ihnen hinunter. „Vielleicht sollte ich nachsehen, ob wir schon da sind." Karl kramte sein Periskop aus der Hosentasche hervor, nahm es für quer in den Mund und stieg dann die Stahlstufen hinauf, zum Deckel des Schachtes. Als er oben angekommen war, stemmte er sich wieder mit den Beinen gegen die Stufen und lehnte sich, mit dem Rücken, an die Schachtwand. Vorsichtig schob er das Periskop, durch eine der Öffnungen und sah hindurch. Langsam drehte er es in alle Richtungen. Nach kurzer Zeit zog er das kleine Fernrohr wieder zurück, steckte es in seine Hosentasche und stieg die Stufen wieder hinab. „Wir sind direkt unter einer Straße." sagt er, als er unten, bei den anderen, ankommt. „Rechts von diesem Deckel, befindet sich ein großer Parkplatz. Vielleicht fünfzig, sechzig Meter entfernt. Hier sind, rundherum, Wohnanlagen. Ich denke, es gibt noch einen bessere Stelle, wo wir nach oben gehen könnten. Ich halte das hier, für zu gewagt. Lasst uns lieber noch ein Stück weiter gehen." Die anderen nickten stumm. Sie liefen weiter, in der Dunkelheit der Kanalisation. Ein leises Brummen, war über ihnen zu hören. Plötzlich teilte sich die halb runde Röhre, in eine kleinere und eine größere. Die kleinere lief, von ihnen aus, nach links weg. Das Brummen, was eben noch zu hören war, war verstummt. Karl blieb stehen. „Was meint ihr? Wollen wir diesen Weg nehmen?

Vorhin hab ich gesehen, dass diese Röhre, geradewegs, auf ein Haus zu läuft. Vielleicht haben wir, mit dieser kleineren Röhre, mehr Glück." Karl sah in die, von den Taschenlampen weiß beleuchteten, Gesichter seiner Gefährten. „Die kleinere Röhre, hier links, verläuft dann wohl quer zu den Häusern?" fragt Wladislaw. „Scheint so." antwortet Karl „Genau weiß ich das auch nicht. Denkbar währe aber, dass die kleinere, nach links laufende Röhre, unter mehreren Häusern hindurch läuft." „Hm." äußert sich Take. „Dann lasst uns die kleinere Röhre nehmen. Mal sehen, wo wir hin kommen. Nur all zu weit sollten wir nicht, in die Stadt, hinein laufen. Wir müssen auch wieder hinaus kommen. Ich will nicht zu lange durch die Stadt irren. Lasst uns den nächst besten Schacht nutzen." „Denke ich auch." wirft Suu ein. „Ich hab auch keine Lust, zu lange, in der Stadt zu sein. Mir gefällt diese graue Kälte nicht." „Dann los." sagt Karl. „Verschwenden wir keine Zeit." Karl drehte sich um und betrat, den anderen voran, die kleinere Kanalröhre. Der schmale Abwasserlauf verlief hier, mit geringem Abstand zur Wand, auf der rechten Seite und nicht mehr in der Mitte, wie in der Röhre, aus der sie kamen. Auch die Wände waren nicht bis zum Boden gewölbt, sondern verliefen senkrecht nach oben, bis auf eine Höhe von etwa drei Meter. Den Gewölbebogen, hatten die Erbauer, auf die senkrechten Mauern aufgesetzt, in den sie die Aufstiege zu den Gullydeckeln, rechtsseitig über dem Rinnsal, eingearbeitet hatten. Die Aufstiege waren nun dichter, bei einander, angeordnet. Nachdem sie drei der Aufstiege passiert hatten, stoppte Karl wieder. „Hier scheint etwas Licht, von oben, hindurch. Ich seh nach, wo wir sind." Mit einem größerem Schritt, überquerte er das schmale Rinnsal und ergriff die ersten, in die Wand eingelassenen, Stahlsprossen, um an ihnen hinauf zu klettern. Als er oben angekommen war, holte er wieder sein Periskop aus der Hosentasche und schob es, durch eines der Löcher im Deckel des Schachtes. Er sah kurz hindurch, dann stieg er wieder hinab. „Hier ist auch eine Straße. Auf der anderen Straßenseite befindet sich ein Park oder so etwas. Der nächste Aufstieg könnte in diesem Park sein. Lasst uns nachsehen." Die Gruppe lief ein Stück weiter, bis zum nächsten Aufstieg. Wiederum erklomm Karl die Sprossen und schaute durch sein Periskop, um kurz darauf wieder hinab zu steigen und den anderen mitzuteilen, wo sie sich befinden. Diesmal hatten sie den richtigen Aufstieg gefunden. „Der ist gut." meint Karl „Hier könnten wir hoch gehen. Wollen wir?" Er schaut in die Runde und wartet auf eine Reaktion. „Ok." unterbricht Take das kurze Schweigen. „Gehst du wieder voran? Wir folgen dir. Weist du wohin wir gehen müssen?" Karl schaut sie erstaunt an. „Nein, ich weiß nicht, wohin wir gehen müssen. Wir gehen einfach in die Richtung wieder zurück, aus der wir gekommen sind. Nur eben durch die Stadt, in Richtung Wald. Unterwegs müssen wir eben nachsehen, wo wir noch Bleche abbauen können. Wie besprochen. Zwei bauen die Teile ab, die anderen passen auf." „Gut." meint Take, etwas nervös. „Ich habe einen leeren Rucksack und einen kleinen Akkuschrauber. Wer hilft mir beim demontieren?" fragt sie grinsend. „Ich helfe dir." antwortet Suu „Wir sind schon ein eingespieltes Team." „Dann mal los. Ich gehe voran und mach den Deckel auf, dann könnt ihr nachkommen." sagt Karl. Er machte wieder einen Satz über das Rinnsal, ergriff die Sprossen und erklomm den Schacht bis zum Deckel. Als er oben angekommen war, holt er wieder sein Fernrohr aus der

Tasche und schaute noch einmal durch eines der Löcher. „Die Luft ist rein." sagt er, zu den, unten in der Kanalisation, wartenden. Er stemmte sich gegen den Deckel, hob ihn langsam aus seiner Führung und schob ihn vorsichtig zur Seite. Dann stieg er weiter hinauf. Sich, vorsichtig, umsehend, kletterte er, Stufe für Stufe, aus der Schachtöffnung hinaus. Dann hockte er sich daneben und wartete, immer wieder um sich schauend, auf die anderen. Direkt nach ihm, stieg Wladislaw aus dem Loch. Hinter ihm Take und Suu, danach Antonio. Leise verschloss Karl den Schacht mit dem Deckel. Die fünf hockten, die Umgebung beobachtend, neben dem Gully, aus dem sie gekommen waren. Sie befanden sich auf einem

kleinem, freiem Platz. Er war
umgeben mit, zu Kugeln zurecht
geschnittenen, Bäumen und eine
Art Insel, in dem ihn umgebenden
Häusermeer. Hinter den, nicht all
zu großen, Bäumen, umschloss
eine hohe Betonwand, den
kleinen Platz. Rechteckige
Vertiefungen, in der glatten
Wandfläche, bildeten rahmenlose
Fenster, welche nur verglast
schienen. Die Straßen führten, in
großen Röhren, durch die Häuser
hindurch. Die Stadt schien ein
riesiger, mehrmals durchbohrter
Betonklotz zu sein, in dessen
innerem die Menschen wohnten
und arbeiteten. Eine seltsame
Stille herrschte in der, leer
erscheinenden, Stadt. Auf der
Straße standen ein paar Auto's.
Zu sehen war aber niemand. Die
fünf erhoben sich langsam. „Lasst

uns hinter den Bäumen, bis auf die andere Seite des Platzes gehen." sagt Karl leise, zu den anderen. „Da vorn ist noch eine Durchfahrt. Da gehen wir hin. Dahinter gehen wir nach rechts weiter, Richtung Wald." Langsam entfernte sich die Gruppe von dem Gully. Sie liefen am Rande des Platzes, in der Nähe der Bäume, bis auf die andere Seite. Dann überquerten sie die Straße und liefen auf die Durchfahrt zu. „Wartet." befahl Karl, der immer noch voran lief. Sie blieben an der Durchfahrt stehen und verbargen sich, vor der dahinter liegenden Straße. „Ich glaube es kommt ein Auto." Ein leises Summen schien sich zu nähern. Das Fahrzeug fuhr, plötzlich, direkt hinter der Durchfahrt, an ihnen vorbei. Ein ovaler

Transporter mit Elektroantrieb, wie es schien. Dann wurde es wieder still. Take schaute sich um. Sie überblickte den Platz und die Häuser, auf der Suche nach Auffälligkeiten. Ob sie, von jemandem, bemerkt wurden waren? Sie entdeckte nichts. Wladislaw und Karl waren schon, ein paar Meter, in den Tunnel hinein gegangen, als sie sich wieder um wand und ihnen folgte. Meter für Meter, bewegten sie sich vorwärts, durch die kurze Röhre, bis sie an der, dahinter liegenden, Straße ankamen. Karl schaute nach rechts und nach links in die Straße hinein, dann gab er den anderen ein Wink, mit seiner Hand und verschwand nach rechts, auf die Straße. Die anderen vier, folgten ihm. Vor ihnen eröffnete sich, eine große, breite Straße. Sie trennte den Block, aus dem sie kamen, von dem gegenüber liegendem Block. Der geräumige Fußweg bot platz, für viele Menschen. Am Rand des Weges, direkt an der Straße, waren große Masten mit Laternen aufgestellt, um die Straße zu beleuchten. Die dunkle Fahrbahn glitzerte ein wenig, in dem weißem, schwachem Licht. In den Fenstern war kein Licht mehr zu sehen. Sie liefen den breiten, mit großen Rechtecken aus Beton, gepflasterten Fußweg entlang. „Diese Straße scheint weiter zu laufen, bis zum Wald." bemerkt Karl leise, während sie auf dem Weg laufen. „Da drüben ist noch eine Durchfahrt. Vielleicht finden wir da etwas, was wir gebrauchen können." Karl wies mit dem Finger auf die andere

Straßenseite. Hinter der kurzen Durchfahrt befand sich offensichtlich ein großer Parkplatz. Zahlreiche, verschiedene Fahrzeuge waren zu sehen. „Wollen wir es dort versuchen?" fragt er die anderen und bleibt, an der neben ihm empor ragenden Wand aus Beton hinauf schauend, stehen. Dann sah er wieder zu den anderen, die dicht hinter ihm waren. Take reagiert als erste. „Warum nicht. Sofern wir von den Karren etwas abbauen können." Suu musste leise lachen. „Vielleicht von den Transportern." antwortet Karl, ernst. „Lass uns mal nachsehen, was es gibt." Sie überquerten schnellen Schrittes die breite, stille Straße. Als sie auf der anderen Seite angekommen waren, sahen sie, dass es sich tatsächlich um einen großen Parkplatz handelte. Sie sahen in die Einfahrt hinein. Auf dem Parkplatz waren die Fahrzeuge in mehreren Reihen angeordnet. Die Fläche umgab ein Ring aus, mittelgroßen, dicht gepflanzten, Bäumen. Hinter den Bäumen, ragten die Beton bauten empor. Auch hier, war kein Licht in den Fenstern zu sehen. „Los schnell, zwischen die Auto's. Es ist niemand zu sehen." sagt Karl zu den anderen. Mit einem kurzen Spurt überquerte er, diagonal, die Straße, welche durch die Einfahrt führte und verschwand, Deckung suchend, hinter den ersten Fahrzeugen. Die anderen folgten ihm schnellen Schrittes. „Da hinten stehen ein paar größere." meint er zu den anderen. „Wir sollten zwischen den Auto's entlang, bis zum hinteren Teil dieses Platzes laufen. Am besten unten bleiben." Die anderen nickten ihm zu. Mit gebeugtem Oberkörper schlängelte sich die kleine Gruppe zwischen den Fahrzeugen hindurch. Mit kleinen, schnellen Schritten, näherten sie sich, dem hinterem Teil des Parkplatzes, wo einige Transportfahrzeuge abgestellt waren. Zwischen zwei nebeneinander abgestellten Fahrzeugen, machten die fünf halt. „Wie sieht es aus?" fragt Karl, nach Take und Suu schauend. „Bringt der hier was?" Take betrachtet das Fahrzeug genauer. „Also ich denke, ein paar Teile kann ich abbauen." meint sie, während sie die Stoßkanten, der Einzelteile, abtastet. Sie drehte sich um, zu dem zweitem Fahrzeug und begutachtet es. „An dem vielleicht auch." „Ok." meint Karl „Wladislaw, Antonio und ich beobachten die Umgebung. Wie lange werdet ihr brauchen?" „Weiß ich auch nicht." antwortet Take „Nicht zu lange. Wir geben euch Bescheid." Sie begann an ihrem Gürtel rum zu kramen und holte einen kleinen, handlichen Akkuschrauber hervor. „Wladislaw? Antonio? Übernehmt ihr diese Seite? Ich will hier hinten aufpassen." Wladislaw nickt und begibt sich, mit Antonio, auf die Seite, von der sie gekommen waren, um den Parkplatz und die Einfahrt überblicken zu können. Karl hingegen verschwand nach der anderen Seite, um den hinteren Teil zu beobachten. Take begann die ersten

Schrauben zu lösen. Der Schraubendreher summte leise und hell. Schraube für Schraube löste sich, von den Aluminiumteilen. Suu hockte daneben und betrachtete immer wieder die, ein Stück entfernten, Häuser, an denen keine Regung zu erkennen war. Still und Dunkel war es auf dem Platz. Nur am Rand, um den Parkplatz herum, waren, große aber nicht sehr helle, Laternen aufgestellt. Take arbeitete schnell. Die erste dünne Platte hatte sie bereits gelöst. Sie gab sie Suu. „Hier. Kannst du die schon mal einpacken. Die Schrauben auch." Suu nahm das Blechteil und begann den Rucksack auf Take's Rücken zu öffnen. Sie steckte das Blech etwas unbeholfen hinein. „Geht es?" fragt Take, während sie die

Schrauben, aus dem nächsten Teil, entfernt. „Ja, geht schon." antwortet Suu leise. Nachdem Suu das Blech verstaut hatte, sammelte sie die am Boden liegenden Schrauben ein.

Karl hingegen, entdeckte von seiner Position aus, dass der Parkplatz viel größer war, als er angenommen hatte. Er führte noch ein Stück weiter und dann noch mal gute zwanzig Meter, rechtwinklig, nach hinten, bis zur nächsten Straße. Er lag zwischen zwei versetzten Einfahrten und bot platz, für etwa zweihundert Fahrzeuge. Er hockte neben einem Transporter mit Ladefläche. Die Fahrzeuge waren aus einzelnen Formteilen zusammengesetzt und gaben der Karosserie eine eher kantige Form. Die einzelnen Teile waren mit Schrauben befestigt, so das kleinere Schäden leicht behoben werden konnten. Die Zeiten waren hart und die Rohstoffe knapp. Karl wusste, dass es immer wieder kleine Raubzüge von Kollektivierten aus anderen Städten gab. Deshalb vermutete er, dass die Kollektivierten, dieser Stadt, nicht darauf kommen würden, von wo die fünfköpfige Gruppe, zu der er auch zählte, kam. Auf der Ladefläche des Transporters entdeckte er ein paar lange, dicke Rohre aus Aluminium. Nicht brauchbar, wie es ihm erschien. Doch in der hinteren Ecke, befanden sich noch kleinere Stücke. Vermutlich Reste, den die Enden waren unsauber geschnitten. Da er nicht viel, auf seinem Beobachtungsposten, zu tun hatte, nutzte er die Zeit und schnappte sich drei blank polierte Rohre, von einem knappem Meter Länge. Wahrscheinlich würden Take oder Wladislaw etwas damit anfangen können. Er hockte an seiner Position aber es schien niemand bemerkt zu haben.

Auf der anderen Seite von Take und Suu, die, immer noch eifrig, damit beschäftigt waren, einzelne Platten von den Fahrzeugen ab zu bauen, kauerten Wladislaw und Antonio. Auch sie beobachteten, aufmerksam, den Parkplatz. „Ist doch irgendwie eigenartig. Wir leben im Wald, in Höhlen und hier, Leben die anderen Menschen, dicht an dicht gedrängt, in diesen Betonblöcken." unterbricht Antonio, flüsternd, die Stille. „Ich fand die Städte auch nie besonders schön." antwortet Wladislaw „Irgendwie unheimlich. Oder?" Antonio dachte einen kurzen Moment nach. „Also." setzt er an „Das es hier so still ist, hätte ich nie gedacht. Ich denke: Ich will hier so schnell wie möglich weg. Hoffentlich sind die beiden bald fertig." „Das hoffe ich auch." setzt Wladislaw hinzu. In diesem Moment, war ein kurzes Summen zu hören. An der Einfahrt zum Parkplatz, war offensichtlich eines der Elektrofahrzeuge vorbei gefahren. „Hast du das gehört?" fragt Wladislaw „Ja." antwortet Antonio „Hoffentlich kommen sie nicht zurück." „Das hoffe ich auch." meint Wladislaw. Sie starrten auf die Einfahrt aber es tat sich nichts. „Wenn man vom Teufel spricht." rutscht es Wladislaw heraus. Zwei Scheinwerfer erleuchteten die Einfahrt und ein Transporter befuhr den Hof. Nach ein paar Metern blieb er stehen und die Schiebetür, auf der rechten Seite, öffnete sich. „Ich sag Bescheid." sagt Wladislaw schockiert. Aus dem Transporter, stiegen vier Kollektivierte. Mit kleinen Suchscheinwerfer, auf der rechten Seite ihrer Köpfe, leuchteten sie die ersten Reihen des Parkplatzes ab. Ihre Uniformen verrieten, dass es sich um Ordnungshüter handelte. Antonio zog sich langsam, zwischen die Auto's, zurück. Er beobachtete die Sicherheitsleute weiter. So etwas hatte er noch nie gesehen. Nur von Erzählungen wusste er, wie die Kollektivierten lebten und dass sie sich vernetzt hatten. An den Seiten, erkannte er, die beschriebenen Chips, welche an den Kopf angesetzt waren. Von den angesetzten Chips aus, lief ein dicker Strang, aus Drähten, am Hals hinunter und verschwand, unter dem Hemdkragen. Die eine Hälfte der Gesichter, schien mit Metall überzogen zu sein. Ein roter Punkt deutete, ein elektronisches Auge an. Auf der anderen Kopfhälfte, befanden sich einzelne Schläuche, welche in den Schädel hinein langten und offensichtlich dafür gedacht waren, das Gehirn mit Nährstoffen zu versorgen. Die Kreaturen begannen in die Fahrzeugreihen hinein zu gehen und teilten sich langsam auf. Sie suchten nach irgend etwas. Der Transporter, mit dem sie gekommen waren, stand immer noch, mit geöffneter Schiebetür, vor den geparkten Fahrzeugen. Antonio zog sich langsam zurück und schlich zu Take. „Seit ihr so weit?" fragt er flüsternd und etwas nervös. „Sie sind ausgestiegen und haben begonnen die Reihen ab zu suchen. Wir sollten schnell hier weg." „Ja, ja." meint Take „Last uns verschwinden. Wo ist Karl?" „Da lang!" befahl ihr Wladislaw leise und wies mit dem Finger in Karl's Richtung „Er ist auf der Seite da drüben." Schnellen Schrittes und geduckt, sich hinter den Fahrzeugen versteckend, schritt die Gruppe hin, zu Karl. Der schien noch nichts bemerkt zu haben und kam ihnen ein paar Schritte entgegen. „Los verschwinden wir." flüstert ihm Wladislaw zu „Ordner sind gekommen." Karl riss die Augen auf und drehte sich sofort wieder um. „Hier lang!" sagte er zu den anderen „Da hinten ist noch eine Einfahrt. Da kommen wir wieder raus." Karl stürzte los. Halb geduckt, rannte er, zwischen den Auto's entlang, in Richtung der besagten Einfahrt. Die anderen rannten hinter ihm her. Direkt hinter ihnen, richtete sich ein Suchscheinwerfer eines der Mischwesen auf sie. Der Ordner stoppte und sprach etwas vor sich hin. „Verdammt!" rutschte es Antonio heraus, als der Scheinwerfer ihn streifte. -So ein Mist. So ein Mist.- ging es ihm durch den Kopf. Um Haaresbreite waren sie den Ordnern entwischt und schlängelten sich nun zwischen den Auto's hindurch. Der Transporter, welcher noch vor kurzem an der Einfahrt stand, begann sich nun weiter, zum anderen Ende des Parkplatzes, zu bewegen. Er war er schon fast an der Ecke, um kurz darauf nach rechts ein zu biegen und in Richtung der zweiten Einfahrt zu fahren, als die fünf den Durchgang erreichten. Die Verfolger mit geringem Abstand hinter sich lassend, liefen sie durch die Einfahrt, hinaus auf die Straße. „Hier rechts rum." ruft Karl, der voran gelaufen war, den anderen zu. Sie bogen in die Straße ein und überquerten dieselbe, wenige Meter hinter der Durchfahrt, zum Parkplatz. „Lasst uns da vorn in die Seitenstraße laufen und einen Weg in den Wald suchen." keucht Karl, während er vor den anderen herläuft. Die drei Aluminiumrohre klapperten beim laufen. An der

Ecke angekommen, blieb er kurz stehen und schaute nach den anderen und den Kollektivierten Ordnungshütern. Take, Suu und Antonio bogen als erste in die Seitenstraße ein. Wenige Schritte danach, Wladislaw. Im Augenwinkel sah Karl, den ersten der Ordner, schon durch die Durchfahrt kommen. Er drückte, dem schnaufendem, Wladislaw, eines der Rohre in die Hand und rannte dann weiter, neben ihm her, in die kleine Straße. „Das war aber knapp." meint Wladislaw ächzend. „Und es ist noch nicht vorbei." antwortet Karl, nicht weniger keuchend. Sie rannten weiter bis an die nächste Kreuzung und bogen da wieder rechts ab, in die nächste Straße. An der Ecke, im vollem Lauf, schaut Karl noch einmal zurück.

Der Transporter der Ordnungshüter hatte an der Ecke halt gemacht und die Mitfahrenden waren wieder ausgestiegen. Sie waren dabei, die Verfolgung wieder zu Fuß aufzunehmen. Karl und die anderen, liefen weiter die Straße hinunter. Ein Stück weiter, am Ende der Straße, waren schon die ersten Sträucher zu sehen. Noch eine Kreuzung und sie könnten sich ins Dickicht retten und im Wald verschwinden. „Shit!" schrie Take, als sie die Kreuzung passierte. Karl war noch nicht so nah, dass er in die nächste Querstraße ein sehen konnte. Take, Suu und Antonio waren schon fast über die Kreuzung, als Wladislaw, dicht gefolgt von Karl, auf die Straße lief. Von rechts näherte sich einer der Ordner und ergriff Wladislaw, im vollem Lauf. Der kurz hinter Wladislaw laufende Karl, dachte nicht lange nach und schlug mit einem der Rohre, wovon er mittlerweile in jeder Hand eines hatte, auf die linke Hand des Ordners, welche Wladislaw fest im griff hatte, um ihn zu stoppen. Mit einem kurzem, gemischtem, hellem Aufschrei, aus natürlicher Stimme und elektronischem Laut, sank der Ordner, verstummend, auf die Straße. Wladislaw lief, noch schockiert von dem plötzlichem Angriff, weiter Richtung Wald. In dem kurzem Moment, in dem Karl abgebremst und dem Kollektiviertem auf die Hand geschlagen hatte, konnte Karl, seinem Gegner, kurz, in das halb elektronische, halb natürliche Gesicht sehen.

„Richard?!" Entglitt es ihm, bevor er entsetzt weiter stürzte. Der Ordner, kniete auf einem Bein, mitten auf der Straße und betrachtete, einem stummem Aufschrei gleich, seine zerschmetterte Hand. Die Wucht des Schlages, welchen er, von Karl, erhalten hatte, hatte die Hand zertrümmert. Funken und ein wenig Rauch stiegen, aus dem zerrissenem Ende des Armes, auf. Die Funken der Kurzschlüsse, des geborsten Armes, zogen sich bis zu dem Kabelstrang, welcher, an die Chips, am Kopf angeschlossen war. Langsam hob der Ordner seinen Kopf und schaut die Straße hinab. Einzelne Funken tanzen zwischen den Drähten und Chips am Kopf und am Arm. Mit einem immer wieder kehrendem Zucken, betrachtet der Cyborg die Welt in der er lebt. Es schien, als würde er sich verändern oder das ihn etwas stört. Er schüttelt kurz und kräftig, mehrmals, den Kopf.

„Ri-ch-ard?" stammelt er vor sich hin. „Ri-chard." Unter zucken, hebt und senkt er den Kopf. Sein elektronisches Auge und der implantierte Suchscheinwerfer, auf der rechten Seite seines Kopfes, flackern stark. Er zieht die linke Wange hoch, als würde er Schmerz empfinden, dann entspannt er sich wieder. Mit einem tiefem, ächzendem Raunen, erhebt er sich und steht nun, immer noch ab und an zuckend, allein auf der Straße. „Ich bin Ri-ch-ard." murmelt er vor sich hin, unterbrochen von einem Funken begleitetem Zucken. Er schüttelt wieder seinen Kopf. Kurz darauf, hält neben ihm der Transporter, mit dem die Ordnungshüter gekommen waren. Zwei der Ordner stiegen aus und halfen dem angeschlagenem Individuum in das Fahrzeug. Die Tür schloss sich, sie fuhren nach links in die Straße ein und entfernten sich mit ihrem summendem Fahrzeug. Karl und die anderen waren zwischen den Sträuchern, am Ende der Straße, verschwunden.

NACH HAUSE

Mit einem großem Satz, hatte sich Karl in die Sträucher, am Ende der Straße, gerettet. Mit großen, schnellen Schritten durchquerte er das dichte Dickicht. Die Äste peitschten sein Gesicht und seinen Körper. Plötzlich blieb er stehen. Er hielt Ausschau, nach den anderen. Sein Blick schweifte umher. In einigen Metern Entfernung, entdeckte er Wladislaw. Der kauerte, noch geschockt, zwischen den Sträuchern. „Wladislaw?" rief Karl nach ihm. „Wladislaw? Bist du das?" Wladislaw erhebt sich vorsichtig. „Karl? Sind sie weg?" „Ja." antwortet Karl und kämpft sich, zu ihm, durch die Büsche. „Sie sind weg gefahren. Weißt du was?

Der, welcher dich gepackt hatte, sah fast aus wie Richard. Ich bin mir nicht sicher aber es schien so." „Nicht möglich." antwortet Wladislaw erstaunt „Bist du sicher? Richard?" „Ich bin mir nicht sicher aber sein Gesicht oder dass was davon übrig war, erinnerte mich an ihn." Wladislaw steht, mit fragendem Gesicht, vor Karl und denkt nach. „Wo sind die anderen?" fragt Karl nach einem kurzem Moment. „Ich weiß nicht. Ich habe sie nicht mehr gesehen. Ich denke sie sind weiter gelaufen. Tiefer in das Dickicht hinein." „Lass uns sehen, dass wir sie finden. Wir sollten so schnell wie möglich hier weg. Möglich, dass eine zweite Einheit, nach uns suchen wird. Ist mit dir alles in Ordnung?" „Ja." antwortet Wladislaw „Ich hab nichts ab bekommen. Dir scheint auch nichts weiter geschehen zu sein." „Nein." antwortet Karl kurz und bündig. „Lass uns nach den anderen suchen." Mit ernster Mine taucht Karl wieder, in die dichten Sträucher ein. „Richard." redet Wladislaw, nachdenklich, vor sich hin. Dann folgte er ihm, durch das beinahe unbezwingbare Buschwerk, am Rande der Stadt. Sie liefen weiter durch die Sträucher. Nach einer Weile, kamen sie an den Rand des Sträucherdschungel, hinter dem der Wald begann. „Lass uns am Waldrand entlang gehen, bis wir wieder auf den großen Weg kommen." sagt Karl „Vielleicht sind die anderen schon zur Höhle gelaufen." Wladislaw stimmt ihm nur kurz zu, während er sich ein wenig die Kleidung sauber klopft.

Dann laufen sie weiter, zwischen den ersten Bäumen des Waldes, am Rande des dichten Buschwerk, entlang. Still und kühl umgab sie die Dunkelheit der Nacht. Sie hatten bereits einen guten Abstand zur Stadt, als sie auf dem Weg, zur Höhle, ankamen. Karl blieb stehen und schaute den Weg entlang zurück, in Richtung Stadt. Es war niemand zu sehen. „Wollen wir noch etwas hier warten?" fragt Wladislaw. „Nein." antwortet Karl „Ich denke es ist besser, wenn wir zurück zur Höhle gehen. Auch Take würde nicht in der Nähe der Stadt bleiben." „ Hoffentlich folgt uns niemand." „Ich glaube nicht, dass die Kollektivierten die Stadt verlassen." meint Karl darauf „Sie müssten mit mehreren Einheiten, den gesamten Stadtrand absuchen. Das ist unwahrscheinlich, dass sie das tun. Kleine Angriffe, aus anderen Städten, sind nicht selten. Sie würden keinen Krieg beginnen, wegen ein paar Diebstählen oder Sachbeschädigungen. Das Kollektiv würde dies nicht zu lassen. Du musst sehen, dass niemand die Entscheidung alleine fällt. Sie werden im Höchstfall darüber beratschlagen, ob sie Sicherheitsvorkehrungen treffen wollen, um folgende Angriffe, auf ihre Gemeinschaft, zu verhindern." „Schön." antwortet Wladislaw erleichtert „Dann haben wir gerade so unsere Haut gerettet. Gehen wir weiter?" „Ja." Sie drehen sich von der Stadt weg und laufen weiter, auf dem Weg, in den Wald hinein. Unterwegs, an der Stelle, an welcher der Weg eine leichte Biegung machte und der kleine Pfad, in Richtung der Kanalisation, begann, trafen Wladislaw und Karl auf Take, Suu und Antonio. Sie warteten bereits ungeduldig auf die beiden. „Haben sie euch erwischt?" fragt Suu wissbegierig. „Nein." antwortet Karl „Einer der Ordner hatte Wladislaw gepackt. Ich habe ihm mit einem der Rohre auf den Arm geschlagen, dann zerriss die Hand und er sank zu Boden. Für einen Moment dachte ich, es währe Richard gewesen. Zumindest erinnerte mich sein Gesicht an ihn." „Nicht möglich?" brach Take in erstaunen aus. „Du hast Richard gesehen?" „Ich bin mir nicht sicher." antwortet Karl „Nur die Gesichtszüge erinnerten mich an ihn. Keine Ahnung, ob das wirklich Richard war. Es war, wie gesagt, nur ein kurzer Moment." Take zieht den Kopf ungläubig zurück. „Eigenartig." sagt sie nachdenklich. „Ist er doch nicht ums Leben gekommen und wurde Kollektivierter." „Warum nicht? Zurück kommen, wird er sicher nicht. Ich glaube nicht, dass er noch weiß, wie er mal war." „Ein kleiner Trost." meint Take „Wir können wohl davon ausgehen, dass er erwischt wurde und Kollektivierter geworden ist. Mit diesem Gedanken könnte ich mich sogar anfreunden." Lächelnd betrachtet Wladislaw, die nachdenkliche Take. „Du hast ihn sehr gemocht? Oder?" „Ja." antwortet Take. „Er war ein Freund." Alle verstummten für einen Moment. „Nun gut. Lasst uns die

Rucksäcke holen und nach Hause gehen. Wir haben für dieses mal, Glück gehabt und genug erlebt." meint Wladislaw. „Das stimmt." sagt Take „Zeit, wieder nach Hause zu gehen. Wir können doch nichts verändern. Holen können wir auch nichts mehr. Was wir haben, muss reichen." Sie machten sich wieder auf den Weg. Als sie an der Höhle vorbei kamen, in der sie genächtigt hatten, holten sie noch ihr Gepäck, mit den restlichen Teilen, und liefen dann weiter, auf dem Weg, am Fluss entlang. Sie kamen an den kleinen Staudam, an dem sie, auf dem Hinweg, gerastet hatten. „Wollen wir noch eine Pause machen und etwas Essen?" fragt Take. „Ich könnte etwas vertragen." „Dagegen habe ich nichts einzuwenden."

antwortet Wladislaw. Sie ließen sich auf den Felssteinen nieder und genossen die Brote, welche Suu am Vorabend gemacht hatte. Nach dem kleinen Imbiss, liefen sie wieder weiter, durch die Nacht. Die ersten Sonnenstrahlen erleuchteten den Horizont, als der Weg vom Fluss weg führte und die Gruppe wieder in ihrem heimischem Wald unterwegs war. Bis in den Vormittag, des neuen Tages, hinein, liefen sie, bis sie der alte Weg wieder vor den Eingang, zu ihrer Kolonie, führte. „Endlich wieder zu Hause." bemerkt Wladislaw, als sie den Gang, zu dem unterirdischem Dorf, betraten. In der großen Vorhalle, kamen ihnen Rebecca und Laila entgegen und begrüßten die ankommenden freudig. Sie umarmten sich gegenseitig und freuten sich, wieder daheim zu sein. Sie gingen weiter, bis in die Werkstatt. Das schwere Gepäck, welches die fünf die ganze Zeit getragen hatten, stellten sie dort ab. „Was habt ihr alles gefunden?" fragt Rebecca interessiert. Wladislaw und Take, begannen sogleich, die ersten Rucksäcke zu öffnen. „So einiges." meint Take. „Wir haben ein paar Sensoren, Kabel, Generatoren, Elektronikkrempel, Schläuche und ein paar Bleche. Damit kommen wir wieder, ein ganzes Stück weiter." „Wirklich, ein Haufen Zeug. Wo habt ihr das her?" fragt Rebecca. „Wir waren die erste Nacht, in einem Lager." antwortet Wladislaw „Das war das Paradies. Alles mögliche, lag da rum. Riesige Regale, bis zum

Rand gefüllt, mit allem möglichem, was für eine Werkstatt brauchbar währe. Ich hätte am liebsten viel mehr mit gehen lassen aber wir hatten nicht genug Platz. Die Zeit war auch sehr knapp." „Warum seit ihr erst heute wieder da?" will Rebecca wissen. „Nun, in dem Lager haben wir nicht alles gefunden, was wir benötigt haben. Wir sind wieder zurück gegangen, um etwas zu Schlafen und in der vergangenen Nacht noch einmal in die Stadt gezogen." „Wart ihr dann in einem anderem Lager?" will Rebecca weiter wissen. „Nein." antwortet Karl „Wir sind durch die Kanalisation, wie in der Nacht zuvor auch, bis in die Stadt hinein gegangen und sind von da, durch einen Schacht, der nach oben führte, direkt in die Stadt gegangen." „Warum direkt in die Stadt?" fragt Laila etwas nervös. „Wir brauchten noch Bleche." antwortet Wladislaw „Darum hatten wir uns entschieden, durch die Stadt zu gehen und nach geeigneten Stellen zu suchen, wo wir etwas demontieren könnten." „Aber du hast mir versprochen, dass ihr keine riskanten Aktionen macht." ermahnt Rebecca, schon sichtlich gereizt. „Warum seit ihr in die Stadt gegangen. Was währe, wenn euch jemand erwischt hätte?" Take rümpft die Nase. Etwas betreten und nachdenklich, setzt Wladislaw wieder an, weiter zu erzählen. „Sie haben uns erwischt. Wie du siehst, ist nichts passiert." „Wladislaw!" ermahnt Rebecca wiederum und schon verärgert darüber, dass sie das Risiko auf sich genommen hatten. „Was ist passiert?" wollte nun auch Laila wissen, die ebenfalls, schon sichtlich beunruhigt aber aufmerksam zu hörte. „Wir hatten, wie Karl schon erzählt hat, einen Aufstieg gefunden, durch den wir in die Stadt kommen würden." „Jetzt spann uns nicht auf die Folter, Wladislaw!" wirft Rebecca verärgert ein. „Ja, gleich. Ich will alles erzählen." antwortet Wladislaw, mit einem Grinsen auf dem Gesicht. Rebecca verdreht die Augen. „Also, wir sind durch den Aufstieg, nach oben und kamen auf einem Platz, umringt von Bäumen, heraus." „Wladislaw!" ermahnten ihn Rebecca und Laila im Chor. „Nun gut. Also, wir sind über den Platz, um nach einer Stelle zu suchen, wo wir etwas demontieren könnten. Wir haben dann einen großen Parkplatz gefunden, uns eine Ecke gesucht, wo wir von zwei Transportern etwas abbauen konnten und haben das auch gemacht. Nach einer Weile, Take und Suu waren am Schrauben lösen, kam ein Transporter der Ordnungshüter und hat begonnen, den Parkplatz ab zu suchen." „Und dabei haben sie euch erwischt. Und was war dann?" drängelt Rebecca. „Sie haben uns nicht erwischt." antwortet Karl „Erst später." „Wie, später?" will Rebecca nun genauer wissen. „Wir sind abgehauen." antwortet Wladislaw. „Auf der Flucht, hat mich dann einer gegriffen aber Karl hatte noch zwei Aluminiumrohre in der Hand und hat dem Ordner damit eins verpasst." „Ihr habt ihn erschlagen?" fragt Rebecca ungläubig. „Nein." setzt Wladislaw wieder an. „Wir haben niemanden erschlagen. Die Hand des Ordners ist zerbrochen oder abgerissen oder so." „Die Hand ist abgerissen?" fragt Rebecca wieder und noch ungläubiger. Ein kleines lachen, konnte sie sich dabei nicht verkneifen. „Ja. Die Hand ist abgerissen. Karl meinte, er hätte in dem Ordnungshüter Richard erkannt." Nun wurde auch Laila nervös, wand sich ab und machte ein paar nachdenkliche Schritte. Rebecca schien die Neuigkeit gefasst auf zu nehmen, obgleich sie es nicht zu glauben schien, was sie eben vernommen hatte. „Karl hat Richard gesehen?" fragt sie, nach einem kurzem Moment. Sie wand sich Karl zu. „Es schien so. Zumindest hat mich das Gesicht, an Richard erinnert." gibt Karl, Rebecca gegenüber, zu. „Ich weiß auch nicht, ob es wirklich Richard war. Die Zeit war zu kurz. Du musst verstehen. Die Verfolgungsjagd. Die Situation war ..." „Ja,ja. Ich verstehe was du meinst." beendet Rebecca Karl's Ausführungen. „Und du glaubst, dass dieser Ordnungshüter, Richard gewesen sein könnte? Was ist dann passiert?" „Wir sind weiter gerannt und haben uns in das Dickicht, am Stadtrand, gerettet. Der Transporter der Ordnungshüter kam wenig später, hat den, von mir verletzten, Ordner abgeholt und ist dann weg gefahren. Wir sind weiter Richtung Wald gelaufen und dann direkt hier her gekommen." „Ihr seit gleich weiter gelaufen?" wirft Laila, fragend, ein. „Ja." antwortet Wladislaw „Wir wollten keine Zeit verlieren. Wir haben nur unsere Rucksäcke geholt und sind weiter gelaufen." „Hat euch sonst noch jemand gesehen?" will Laila wissen. „Ich denke nicht." antwortet Karl „Die Kollektivierten verlassen ihre Stadt im Grunde genommen auch nicht. Sie sind immer in den Städten. Sie werden wahrscheinlich beratschlagen, wie sie weitere Angriffe verhindern können, aber ich glaube nicht, dass sie die Verfolgung aufnehmen würden." „Das glaube ich auch nicht." meint Rebecca. „Hier ist auch nie jemand, von den Kollektivierten, gewesen. Vielleicht wissen sie gar nicht, dass es uns gibt." Laila zieht die Augenbrauen hoch. „Na gut." meint sie und atmet seufzend auf. „Dann ist ja alles in Ordnung." „Was gibt es zu Essen?" fragt Wladislaw grinsend und sichtlich zufrieden. Rebecca wackelt mit dem Kopf. „Genau. Dir ist wirklich nichts zu gestoßen. Das merke ich schon." „Warum auch?" fragt er „Ich habe doch Freunde." Wladislaw klopft Karl, grinsend und freundschaftlich, auf die Schulter. „Ich mach dir was." sagt Rebecca schmunzelnd. „Dauert aber noch ein bisschen." Dann verließ sie, mit Laila, die Werkstatt.

Karl, Wladislaw, Take , Suu und Antonio blieben noch in der Werkstatt und begutachteten ihre Beute ausgiebig. Take und Suu testeten noch kurz, dies und jenes Teil, an ihren neuen

Stromerzeugern, während die anderen daneben standen und bei einer Flasche Bier darüber Fachsimpelten, wie man die Bleche zurecht biegen könnte, damit sie besser passen, für was die Schläuche gut währen und wie die Kollektivierten lebten. Stunden später gaben sie alles auf, verabschiedeten sich voneinander und gingen in ihre Räume, um etwas zu essen und den Schlaf nach zu holen, den sie versäumt hatten.

Der nächste Tag, brachte für alle, die gewohnte Normalität. Take und Suu arbeiteten weiter in der Werkstatt. Wladislaw stieß zu ihnen. Auch Antonio kreuzte auf. Karl lies sich wohl noch etwas Zeit. „Guten Morgen. Wie sieht es aus?" fragt Wladislaw, als er die Werkstatt betritt. „Passen die

Teile?" „Wir sind noch nicht so weit." antwortet Take „Wir bauen noch an den Halterungen, für die Generatoren. Könntest ein bisschen helfen. Wenn du Zeit hast." „Ein bisschen Zeit hätte ich." meint Wladislaw. „Rebecca ist mit Laila draußen, auf den Feldern." „Du könntest die erste Halterung schon mal montieren. Wir bauen noch an den anderen." Wladislaw setzt sich auf den Fußboden, neben den aus gekippten Werkzeugkasten und beginnt, die Halterung zu montieren. „War Karl schon mal da?" fragt er, nach einer Weile. „Nein hab ihn noch nicht gesehen." antwortet Take. „Warum?" fragt sie. „Nur so. Ich dachte er würde hier mitarbeiten." Take sieht ihn, fragend, an. „Karl ist nur selten in der Werkstatt.

Das weist du doch." „Ich dachte nur. Hätte ja sein können. Sind wir also wieder unter uns.... Antonio! Hast du einen Dreizehner für mich." „Moment." antwortet er. „Hep!" Antonio wirft ihm, den Dreizehner Maulschlüssel zu. Wladislaw fängt ihn. „Danke schön." entgegnet er. Dann schraubt er die Halterung, für den Generator, fest. Take und Suu bauten weiter, an den restlichen Halterungen. Nach zwei Tagen Bauzeit, hatten sie drei Generatoren fertig gestellt und getestet. Es war so weit. Die Generatoren, mit der aufwendigen Glasrohrkonstruktion, konnten auf der Lichtung, im Wald, aufgebaut und an das Lüftungssystem angeschlossen werden. Sie funktionierten einwandfrei. Die

Energie-versorgung, stabilisierte sich und war wieder, für einige Jahre, gesichert. Ventilatoren, würde Wladislaw wohl nicht so schnell wieder Reparieren müssen. Die Ernte, von den kleinen Feldern im Wald, war in diesem Jahr, dank intensiver Pflege durch Rebecca, Laila und noch ein paar anderen, gut geworden. Den Winter würden sie gut und satt überstehen. Auch die großen und weiten Felder, der Kollektivierten, brachten eine reiche Ernte. Über den Staubwolken der Erntemaschinen, kreiste ein Adler. Er zog langsam seine Bahnen im Wind.

...Fortsetzung folgt.

2. Auflage
Copyright © 2009 L.T.B.
Cover, Herstellung und Verlag:
Books on Demand GmbH,
Norderstedt
Satz und Layout:
LowTekBorg 2009
ISBN 978-3-8370-8982-0